SAKAMOTO DAYS
サカモトデイズ
殺し屋ブルース
原作
鈴木祐斗
小説
岬れんか
JUMP j BOOKS

SAKAMOTO DAYS サカモトデイズ

登《とう》場《じょう》人《じん》物《ぶつ》紹《しょう》介《かい》

坂《さか》本《もと》太《た》郎《ろう》

元最強の殺し屋。現在はのどかな町で個人商店「坂本商店」の店長をしている。無口で食いしん坊。かつてのスリムな体型からは一変し、ふくよかな見た目となったが暗殺術など殺し屋のスキルは健在である。妻と娘を何よりも愛している。元ORDER《オーダー》。

シン

坂本の昔の部下で、他人の心が読めるエスパー。坂本に助けられ商店の一員に。死線をくぐり抜け、"未来読み"の能力を得た。

陸《ルー》少糖《シャオタン》

マフィアの娘。敵組織に両親を殺され追われていたところを坂本が救出。商店の一員に。お酒で酔っ払うと拳法の達人になる。

眞《ま》霜《しも》平《へい》助《すけ》

"跳弾"を自在に操る凄腕スナイパー。坂本商店の一員で、頭はあまり良くないがイイ奴。インコのビー助が相棒。

坂《さか》本《もと》葵《あおい》&《アンド》花《はな》

坂本の人生を変えた、大切な妻と娘。

【オーダー】

ORDER

殺連《サツレン》直属の特務部隊であり最高戦力。殺し屋界の秩序を保つ存在。

南雲《ナグモ》

坂本の殺し屋時代の同期。変装術の達人。

神々廻《シシバ》

関西弁のとぼけた男で、トンカチで戦う。

大佛《オサラギ》

華奢な見た目とは裏腹に、巨大な電動鋸を操る。

赤尾晶《あかおあきら》

気弱で武器にも不慣れだが、潜在能力は…？

赤尾《あかお》リオン

晶の叔母。坂本の旧友で×に殺害された。

勢羽夏生《せばなつき》

JCC武器製造科研究室一年。真冬の兄。

勢羽真冬《せばまふゆ》

極度の潔癖症。虎丸と共に×《スラー》に拉致された。

ストーリー

STORY

かつて、最強の殺し屋がいた——。その名は坂本太郎《さかもとたろう》。全ての悪党から恐れられ、全ての殺し屋から憧れられる存在だった彼はある日、恋をした!! 引退、結婚、娘の誕生、そして——坂本は太った!!

愛する妻・葵《あおい》と娘・花《はな》との平和な日々を守るため、今日もかつての部下・シンとともに坂本は暗躍する！

……そんな坂本&彼の周囲の人間がおくる日常と、ふつうの人間の日常が同じであるはずがない。

坂本家の絶対ただではすまない温泉旅行、勢羽《せば》兄弟のアルバイト。そして、JCC時代のサカモト、南雲《ナグモ》、リオン3人組が起こしたある事件……。本編では描かれなかった日常が小説に!!

SAKAMOTO DAYS サカモトデイズ

CONTENTS

殺し屋温泉旅行 9p

神々廻の餃子論 57p

勢羽兄弟のアルバイト 77p

神々廻のパフェ実食 121p

株式会社サカモト商事～裏切りの請求書～ 137p

神々廻のスーパーマーケット探訪 189p

ＪＣＣ真夜中の探索 203p

殺し屋
温泉旅行

SAKAMOTO DAYS

有名な温泉街を抜け、さらにつづら折りの道をのんびり車を走らせること――三十分。

坂本《さかもと》商店一同を乗せた車は、山間部にひっそりと建つ温泉旅館に向かっていた。

ひと昔前、人気を博していた高級別荘地の古い施設を全面リニューアルした、ハイグレードな旅館である。

近隣にはいくつかの美術館が点在しているらしい。

青々と茂る林道に点々と、「〇〇美術館はこちら」と大きな矢印が描かれた看板が設置されているのを、朝倉《あさくら》シンは運転しながら目撃していた。芸術に疎いシンでも、一度は名前を聞いたことがある美術館ばかりだ。

ちょっとハイソな温泉地。そんな印象を受ける。

なんだってそんな高級な温泉旅館に坂本商店の面々が泊まりに行くことになったかというと、それは商店街の福引で花《はな》が特賞を引き当てたからだった。

葵《あおい》と二人、ふらりと買い物に出た時のことだったらしい。思わぬ幸運に、花がこれでもかと目を輝かせて報告してくれたのが、印象的だった。

花の笑顔に、坂本太郎《たろう》もメガネの奥の目を細めていた。

折しも、世間は五月の大型連休が終わったばかり。観光地への人出は落ち着きを見せ、気候も出かけるのにちょうどいい頃合いだ。

この機を逃す手はないと店を休みにし、リフレッシュにやってきた……というわけだ。

「見て花。大浴場が期間限定でシュガーちゃんとコラボですって」

「えー、シュガーちゃんに会えちゃうの⁉　あっ、お風呂の中にシュガーちゃんの像があるんだ！　すごーい、楽しみ！」

後部座席で葵と一緒に旅館のパンフレットを見ていたらしい花が、弾んだ声を上げる。

そのまた隣に座るルーこと陸少糖《ルーシャオタン》が驚いたように言った。

「特別な石で作ったって書いてあるネ。めちゃご利益ありそうヨ」

「マジかよぉ。もしかして金運アップが叶《かな》っちまうってことか！」

「ピーッ！　ピーッ！」

セカンドシートで、ピー助《すけ》と一緒に肉まんをつまんでいた眞霜平助《ましもへいすけ》の興奮が伝わってくる。

――いやそれを言うなら「効能」だろ。

ツッコみ掛けたシンだが、続く花の興奮ぶりに口を閉じることにした。

「じゃあじゃあ、花もお願いごとする！」
いつも明るく元気な花だが、今日は特にはしゃいでいるようだ。
そんな花の様子を、助手席に座る坂本はバックミラー越しに眺めていた。
いつもと変わらぬ表情に見えるが、シンには内心喜んでいるのがすぐにわかった。
『休みを作って、よかった』
聞こえてきた坂本の心の声に、シンのテンションも自然と上がっていく。
花の喜びが坂本の喜びであり、坂本の喜びはシンにとっても喜びなのである。
だからこそシンは、花とともにしっかり楽しむぞと心に決めていた。
——いい温泉旅行にするぞ。
シンは無自覚に鼻歌を口ずさみながら運転を続けた。
今回はトラブルとは無縁の、ただただ楽しい時間になるに違いないと信じていた。

木々の間に隠れるように建っていたのは、情緒溢《あふ》れる伝統建築といった風情の旅館だった。その佇《たたず》まいに、一同から自然と「おおっ」と声が漏れる。
古臭さはなくどこかモダン。パンフレットの写真より、ずっと雰囲気がいい。いかにも高級旅館という佇《たたず》まいをしていた。

従業員のもてなしも、それらしいものだった。

ズラリと玄関先に並んで頭を下げる彼らの姿に、悪い気はしない。

連休明けということもあり、宿泊客がシンたちだけというのも特別感があった。

案内された部屋にしてもそうだ。

通された部屋は館内三階の南側にある、一番景色のいい部屋だった。

十二畳の主室に、さらに二十畳の寝室という広さを前に、またも「おお〜」と声を上げるシンたち一同。純和室の室内からは畳のいい香りがした。

当然、温泉も貸切状態が確約されている。

早くシュガーちゃんに会いたいという花の言葉もあり、すぐに離れの温泉へと向かうと、入り口がまた贅沢《ぜいたく》な造りになっていて期待感を煽《あお》られた。

花を筆頭に全員が目を輝かせている。言葉数の少ない坂本からも浮かれたオーラが漏れていた。もちろんシンもかなり気分が高揚していた。

坂本の背中を流しながら、日頃の感謝を伝えるのも悪くない。

そんなことを考えながら、男女に分かれて暖簾《のれん》をくぐって……間もなく。

「ヤ────────ッ！」

女湯の脱衣所から唐突にルーの悲鳴が聞こえてきたのである。

「あ〜！　花の、取っちゃダメ！」

「あっ、こら！　やめなさい！」

花と葵の慌てる声が続き、ただ事ではないと、シンたちは三人の元へ駆けつけた。

トラブルが起きたらせっかくの温泉旅行が早くも台無しになってしまう。

それだけは避けたかった。

一瞬ためらい、しかしシンたちは女湯の脱衣所の扉を開く。すぐに目に入ったのは、髪が乱れてペタンと座り込んでいるルーと、怒り半分困惑半分の葵、大きな目をウルウルさせる花、そして……ピンク色のタオルを広げたり振り回したりして遊んでいる——サルだった。

「花のシュガーちゃんタオル〜！」

「あなた！　急いで捕まえて！」

「そいつ、とんでもない変態ネ！　葵さんの服をめくろうとしてたヨ！」

『絶対許さん』

三人の証言に、坂本が瞬時に動く。

が、それはサルも同じである。

花たちの声にびっくりしたのか坂本の怒気に怯《おび》えたのか、とにかく、さすがの野生動物といった素早さで大浴場を駆け抜け、露天風呂へと逃げていくサル。

追い掛ける坂本の後ろ姿が、とんでもない怒りのオーラに包まれているのを見て、シンはサルを少しだけ哀れに思った。

花の大事なタオルを奪わなければ。あるいは、葵にイタズラをしなければ、坂本に追われることもなかっただろうに。坂本に追われるサルからは、本気の焦りが窺《うかが》えた。

坂本たちが露天風呂にやってきたのを見るなり、「！」と何か閃《ひらめ》いたような顔をして、サルはタオルをペイッと竹垣の向こうへ向かって放り投げた。

——あのヤロウ！

サルは、これで安心だと言わんばかりにシュガーちゃんを象《かたど》った等身大の石の上に飛び乗り、キッキキッキと声を上げた。

けれど、舐《な》めてもらっては困る。

「坂本さん！」

シンはタオルをキャッチしに駆けだしていた。

それを見た坂本は、迷うことなくサル目がけて……ではなく、離れの屋根から高く飛び上がり、空中でクルリと体を反転させたと思ったら、落下の勢いを乗せた拳《こぶし》を露天風呂の中心部へと叩《たた》き込んだ。

ドゴン！

ドッパーンッ！

二種類の音とともに巨大な飛沫《しぶき》が上がり、サルがあっという間に飲み込まれる。

その間抜けヅラを拝んだのと、竹垣に飛び乗ったシンがタオルをキャッチしたのはほぼ同時。

高く上がった飛沫がすっかり落ち切ったそのあとには、びしょ濡《ぬ》れのサルが目を回して倒れていた。

サルをケガさせず、かつ、二度とイタズラしに戻ってこないよう対処したい。

そこでお湯を利用して、サルをビックリさせたわけだ。

——さすが坂本さん！

などと浸っていると。

「お、おい、太郎……シン……なんか揺れてねーか？」

平助に言われて、シンは耳を澄ませた。

ゴゴ……ゴゴゴゴ……。

確かに、小さく地鳴りのような音が聞こえてくる気がしないでもない。

というか、自分の体も少し揺れているような気がする。

未《いま》だシンは竹垣の上に立っていた。だから、てっきり竹垣が風に煽られ揺れているのかと思ったのだが……。

『……すまん。やりすぎたかもしれん』

坂本がクルリとこちらに振り返った直後。

ドドッ――！

凄《すさ》まじい音とともに、温泉の中央――さっき坂本がぶん殴った場所――から、太い水柱が噴き上がる。

「ええええええっ⁉」

サルが気絶した時とは比べ物にならない巨大な水柱を前になす術《すべ》のない三人。

シンは、例の特別な石で作られたシュガーちゃんが水柱とともに天高く昇っていくのを、目を丸くして見ているしかなかった。

「全浴場のご利用を中止させていただきます」

あのあと――水柱はすっかり離れを飲み込んでから、やっと止まった。

坂本がすぐさま脱出させたので、誰一人ケガを負うことはなかった。

しかし、温泉をくみ上げて各浴場に供給するシステムに不具合が起きた。

端的に言えば、坂本の強烈すぎる一撃により温泉が壊れたわけである。

「まさか、配管の老朽化でこんな爆発が起きるとは……」

深いため息をつく旅館の責任者を前に、ずぶ濡れの坂本とシンはビクリとし、平助はくしゃみを繰り返していた。三人が立つロビーの床はびしゃびしゃだ。

旅館の責任者は離れの温泉に上がった巨大な水柱を事故だと思ってくれたようだった。

――まあ、普通はあれが人間の仕業とは思わねーよな……。

シンは小さく息をついた。

「とにかくお客様にお怪我《けが》がなくて何よりでした。それと、こちらお使いください」

ふかふかのタオルをこちらに渡し、責任者が奥へと引っ込んでいく。

弁償を迫られたらどうしようかと考えていた坂本が、ほっとするのが見て取れた。

けれど「よかった」とは言い切れない。

シンたちは恐る恐る振り返った。

そこには……。

「あ〜な〜た〜？　いったい何をしたの？」

「温泉に入れないって、どういうことネ⁉」

笑顔で怒りのオーラをまとう葵と、見るからにプンプンしているルーの姿が……。

「ふ、不可抗力」

「いくらなんでもやりすぎよ」

葵の言葉にしゅんとする坂本を、シンがすかさずフォローする。

「あの時は仕方なかったんですよ。サルのやつが逃げ回るから」

「それで温泉をぶち壊すなんて、信じられないヨ」

「おまっ、あんまデカい声で言うな。従業員に聞かれたらどうすんだ」

ルーの怒りもごもっともだが、今は黙っていてほしい。

すると平助が割って入ってきた。

「まあ、いいじゃねぇかよ～」

「よくないネ。温泉に来て温泉に入れなかったら、来た意味ないもん」

「ただで泊まれて、ご飯が出るだけでもすげーんだぞ？」

「ピーッ！」

胸を張る平助の言葉には妙な説得力があったが、今のルーには効果はなさそうだった。

「私だけじゃないヨ。花ちゃんだって楽しみにしてたのに……」

その言葉に、シンはハッとした。

「シュガーちゃんのお風呂、入りたかったなぁ」

さっきから黙っていた花の寂しそうな呟《つぶや》きに、坂本が衝撃を受けた気配がした。たちまち、シンの胸は申し訳なさでいっぱいになった。自分がもっとうまく動いていたら結果は違っていたかもしれない。

ともかくシンは、このままではいけないと焦った。

花の顔から笑顔が消えれば、この旅行が台無しになる。

現に、坂本の頭の中は『どうしよう』という焦りでいっぱいだし、葵も心配そうな顔をしている。さっきまでわめいていたルーだって、胸を張っていた平助やピー助だって同じ気持ちのようだ。

みんな花には笑顔でいてほしいのだ。

――このままじゃダメだ。どうにか笑顔にしてやらないと。

シンはそう思った。

ところが。

「でも……シュガーちゃんタオルが戻ってきてよかったー！　パパ、ありがとう！」

花は先ほどまでの落ち込んだ顔から一転、にっこりと笑ったのである。

それがますます堪《こた》えたのか、坂本が申し訳なさげに眉尻《まゆじり》を下げた。

「花……すまん」

力ない言葉に、シンも胸がつまる思いだった。

「とりあえず、お部屋に戻りましょ。そのままじゃ三人とも風邪《かぜ》ひいちゃうわ」

シンたちはひとまず部屋へと戻ることにした。

その途中でのことだ。

「シンくん、シンくん、耳かして」

どうしたものかと難しい顔をして最後尾を歩いていたシンの元へ、花がススと近づいてきた。何やら胸に決意を秘めたような、ちょっぴり勇《いさ》ましい顔をしている。

シンは前を歩く坂本たちの様子を窺いつつ、その場にしゃがみ込んだ。

すると花がそっと囁《ささや》いた。

「みんなを元気にするの、手伝って」

「え……？」

「花にね、作戦があるの！」

シンの体に衝撃が走った。

誰より楽しみにしていたはずの花が、今、温泉がダメになって一番落ち込んでいてもおかしくない花が、自分たち大人《おとな》を元気づけようと、あの一瞬で気持ちを切り替えるだなんて思ってもみなかった。

勇ましさと、どこかワクワクしたような花の顔に確信する。

――この旅行はまだ、台無しになんてなってない！

シンは一も二もなく花への全面的な協力を約束した。


その後、シンと花は、まずは坂本たちとともに旅館の部屋を堪能することに。

ずぶ濡れの洋服から旅館の浴衣に着替え、畳に横になる坂本にじゃれる花を眺めながらお茶を飲む。

ルーはなんだかもう諦めてお酒を飲み始め、葵は部屋の広縁――いわゆる、旅館の部屋の窓際にある「謎スペース」や「あのスペース」と呼ばれる場所――でくつろいでおり、平助はピー助と一緒に外の空気を吸いに行くと言って出かけていった。

いかにも旅館らしい、ゆったりとした時間に心が洗われる。

部屋の中に心地よくもまったりとした空気が充満しきった頃合いを見て、花とシンは旅館の中の探索という名目で部屋を出た。

夕飯までに戻ると告げて。

二人の目的はもちろん探索ではなく、ある物の作成だ。旅館の従業員を捕まえて、大きな画用紙やらハサミやらマジックやらを借りて、ロビーの隅へ。

「俺は何をどうすりゃいいんだ？」

「シンくんにはね～、サイコロを作ってもらいます！」

そう言って、花は画用紙に何かを書き始めた。大きな線を縦横に走らせて、着々とマス目が出来上がっていく。そこに、うーんと首をひねりながら文字を書き込んでいく。

シンは切り抜いた紙をセロハンテープで留めながら、「おお」と小さく声を出していた。

花が何をしようとしているのか、その形が徐々に見えてくる。

——これは……絶対、楽しまねぇとな。

真剣な花を見ながら、改めてそう心に決めた。


「じゃじゃーん！　ごはんのあとは、みんなでこれをやりたいと思います！」

夜の七時が過ぎ、部屋に用意された豪華な夕食をそろそろ食べ終わろうかという頃、花が見せたのは手作りのスゴロクだった。

ちょうど、食後はもうすることがないからどうするかと話題に出たタイミングだった。

「どこから出してきたネ⁉︎」

驚きながらまじまじと覗《のぞ》き込むルーに、花がえっへんと誇らしげに言う。

「花とシンくんで作ったの！」

「すげぇ～、手作りかよぉ！」

「それで二人してどこかに行ってたのね～！」

『いつの間に……』

一気に場が盛り上がる。

そんなみんなに花は説明を続けた。

「この間、学校でね、工作の時間に手作りのスゴロクを作って遊んだの。すっごく楽しかったんだよ！　だからね、みんなとも遊びたいの！」

花のキラキラ笑顔が炸裂《さくれつ》した。

この笑顔に反対を唱える人物なんているだろうか。いや、いるわけがない。

「……やる。今すぐ」

坂本の宣言を皮切りに、すぐさま葵がテーブルの上を片付け始める。それを手伝うシンと平助。ルーはといえば、何故《なぜ》か部屋付きの電話の受話器を上げようとしていた。

「おい、ルー。お前も手伝え」

「だからフロントに電話するんだヨ。お酒追加して、飲みながらやるのがいいネ～」

「さんざん飲んだろ。こっからは酒禁止な」

「え～、もうとっくに醒《さ》めてるのに～」

「シラフでやったほうがいいに決まってんだろ」

シンのお小言にブーブー言いながら受話器を置くルー。

せっかく花が作ったゲームなのだ。酔いに任せて楽しむなんて言語道断。純粋に楽しんでもらわなきゃ意味がない。

シンは花のためにも、このゲームを全力で遊んでもらいたいと考えていた。

食べ終えた食器類を主室の外へ出し、テーブルを拭き、いざ画用紙を広げる。

何枚も繋《つな》げた画用紙を広げると、六人で使っていたテーブルはすっかり隠れてしまった。

それから花は、名前を書いたコイン型の駒を配っていった。シンが作った駒だ。

「ルールは簡単だよ。サイコロを振ってね、出た数だけマスを進めて、そこに書いてることをするだけだよ！」

至極一般的なルールである。

「順番はどうするネ？」

「そこはジャンケンだろ」

シンが左隣に座るルーに答えると、今度は右隣から非難の声が上がった。

「え〜、いくら何でもありきたりすぎない〜？」

「なら他にどんな方法があるってんだよ」

「ん～、殴り合いとか☆」

何を物騒なことを言ってるんだと、シンが呆《あき》れたため息をつきながら右隣を向く。

そこで、その場にいた全員が固まった。

「お、おまっ……南雲《ナグモ》!?」

「やっほ～」

ここにいるはずのない人物——南雲がいつの間にか、当たり前の顔をして座っていた。

「なんでお前がここにいんだよ！」

「相変わらず心臓に悪いやつネ！」

「温泉なんてズルいな～、坂本くん。なんで僕も誘ってくれないのさ」

「おいっ、無視すんな」

シンの言葉など聞こえていないかのように、南雲がそっぽを向く。

その視線の先では、花が目を輝かせていた。

「すご～い、どこから入ってきたの～？　花、全然気づかなかった～！」

「実は僕、魔法使いなんだよね～」

「南雲、嘘《うそ》を教えるのはやめろ」

坂本が顔をしかめるも、効果はなさそうだった。

「あはは、怒られた～」

相変わらずの神出鬼没さと、相変わらずの腹立たしさである。

「お前、何しに来た」

シンが改めて問うも、

「温泉だよ？　湯治に決まってるじゃん～」

と、いかにも嘘くさい答えが返ってくる。

「そりゃ残念だったな。温泉なら入れないぞ」

「え～？　そうなの～？」

だからとっとと帰れと言うつもりのシン。

なのに。

「な～んちゃって。知ってるよ。本当は坂本くんが壊したんでしょ？　せっかく温泉に浸《つ》かりに来たのにさ～。埋め合わせしてもらわないと。ってことで、責任取ってよ？　僕もゲームに混ぜてもらっちゃお～☆」

こう切り返されたら言い返せない。

何より。

「スゴロクはね、みんなでやると楽しいんだよ！」

「だってさ。いいよね〜？　坂本くん」

「……好きにしろ」

「じゃあ花が駒作ってあげるね！」

坂本の返答と純真無垢《むく》な花の笑顔に、シンは反対する余地を失ってしまった。

正直に言えば南雲の参加なんて大反対である。

シンは、前にキャンプ場で南雲に散々な目に遭わされたことを思い出していた。

薪《たきぎ》集めの最中に突然現れて、散々釣りの邪魔をした挙句、釣り勝負を途中で放棄して去って行った。勝手すぎるにもほどがあるというものだ。

——こいつがいるとロクなことがねぇっつーのに。

それに、どうせ南雲が突然現れた理由なんてわかりきっている。

任務中の暇つぶしに決まっている。キャンプの時もそうだった。それに付き合わされるなんて癪《しゃく》じゃないか。

とはいえ花がもう南雲の駒を作ってるし、南雲は「ありがとう」なんてニコニコしながら受け取ってるし。

だったら……と、シンは口を開いた。

「参加するからには、全力でやれよ。手ぇ抜いたりしたら承知しねーからな」

「わかってるって～」

本当かよと思いつつ、シンは心に誓う。

――コイツがいようがなんだろうが最高に盛り上げる。それが俺の使命だ！

花のため……ひいては坂本のため。

全力プレイでスゴロクを楽しむというシンの目標に変わりはなかった。


サイコロを振る順番は、結局スタンダードなジャンケンによって決められた。

坂本、シン、花、平助、ルー、南雲、葵の順である。

『……勝つ』

紙で作ったサイコロを手の平に載せて、坂本の気合いは十分だ。愛娘《まなむすめ》が一生懸命作ったスゴロクで誰かに……特に南雲に負けるのは、やはり不本意というものなのだろう。

「坂本さん、ガツンとやっちゃってください」

『もちろんだ』

こちらを見て、坂本が力強く頷《うなず》いた。

それからポーンと軽い調子でサイコロを振り……出た目は「6」。

「おお～、いきなり六マスも進めるのかよぉ～」

「さすが店長ね」

早くも場が盛り上がりを見せる。

坂本は、花の「いーち、にーい……」というカウントに合わせて、駒を動かした。

「何が書いてあるネ？　シンはもう知ってるのカ？」

「いや、俺もまだ知らねぇ。先に読んだら面白くねーと思って」

「ふーん、どれどれ……」

目的のマスに書いてある文字を、ルーが読み上げた。

「えーっと……温泉旅行中に子供がシュガーちゃんジュースが飲みたいって、言いました。急いでコンビニでシュガーちゃんジュースを買ってくる！　制限時間は十分⁉」

ニコニコ顔の花とは正反対に、ルーもシンも唖然《あぜん》としていた。

「コンビニって、この辺にないヨ？」

「最後に見たのは……途中の温泉街を抜けた時か！」

思わずヒソヒソしてしまう。

すると葵がうーんとうなり、

「ここから車で三十分くらいかかるわよね」

「ならどうすりゃいいんだよ～？」

「ピィ〜」

平助とピー助が困ったように呟いた。

そこで南雲が花に聞いた。

「ちなみにできなかった場合はどうなるの〜？」

「しっかくだよ！」

再び花の笑顔が炸裂する。

まさかこんなハードな内容が書かれているとは思ってもみなかった。

しかしここで「できない」などと言う坂本ではないことをシンもよく知っている。

「……行ってくる」

坂本がすっくと立ち上がる。メガネがキラリと光っていた。

坂本の動きは早かった。

車よりも小回りが利くからという理由で旅館の従業員の私物の自転車を拝借し、ひと漕《こ》ぎ目からトップスピードで走らせる。

旅館の部屋から、森の中を照らすライトが爆速で移動していくのが良く見えた。

それとは別に、シンたちは坂本が額《ひたい》にセットしたスマホのライブ映像で状況を見守っていた。不正ができないように、中継しようと南雲が言ったからだった。

車で三十分の道のりを尋常でないスピードで走り抜ける映像は、凄まじかった。

あっという間に景色が流れ去っていく様を見続けて、ルーが酔ってしまったほどだ。

一分経《た》つ頃には、スマホに映る映像は車道から獣道へと変わっていった。

ロードバイクなんて比ではない。なんなら車より速い。

道なき道を走ったかと思うと突然視界が開けて——たちまち地面が迫ってきた。

これは落下だ。見ているだけで胃がヒュッとなる。

ズダンッ！

画面が上下にバウンドしたかと思ったら、間髪《かんはつ》容《い》れずにまた景色が流れ始める。

三分もすると、コンビニが目の前に現れていた。

滑るように自転車を止め、映像はコンビニの中へ。

目にも留まらぬ速さでシュガーちゃんジュースを手に取り、店員さんにお金を渡し、あっという間に見える景色はまた外へ。

——とんでもない速さだぜ。

しかしここからが問題だ。

行きは崖を飛び降りることで大幅なショートカットが実現できたが、帰りはひたすら山を登るしかないのだ。

けれどそんな心配は、まったく無意味だったことをシンは思い知らされた。

坂本が大きく深呼吸をして自転車を漕ぎ出すと、砂煙が巻き上がり景色が変わった。もはやワープしたとしか思えない。あるいはエンジンでも積んでいるのでは思ったほどだ。下りとまったく変わらない速さで山を登ってくる坂本に、シンのドキドキが止まらない。今や、スマホを前に、全員が息を呑《の》んで見守っていた。手に汗握るとはこのことだ（南雲だけは、いつもの調子で笑っていたが）。

そうこうしているうちに映像に旅館が現れる。制限時間まであと三十秒。

「あなた、頑張って……」

「パパ……」

祈るように坂本の帰りを待つ葵と花。

ちょうどストップウォッチが十分経過を告げようという時――。

スパーンと勢いよくふすまが開き、汗だくの坂本が姿を現した。

「……シュガーちゃんジュース、買ってきた」

「すごい、すごーい！　パパ、かっこいい！」

大喜びの花が坂本に抱きつく。シンたちも大興奮で立ち上がっていた。

――坂本さん、かっけぇぇ！

「うおおお、太郎やるなぁ！」

「人間業とは思えないヨ」

「もう～、相変わらず無茶するんだから」

「坂本くんって、本当バ……面白いよね～」

一発目からの盛り上がりに安堵《あんど》すると同時に、シンはわずかに緊張していた。

いったい次は、どんな難問が待ち受けているのだろうかと。


「はい、じゃあ次はシンくんね！」

テーブルにコロンと置かれたサイコロを花から受け取る。シンはそれを軽い調子で振った。出た目は「４」。やはり軽い調子で駒を動かす。内心はかなりドキドキしていた。

みんな、このスゴロクが普通ではないことをすでに理解しているのだろう。シンがたどり着いたマスに何が書かれているのか、固唾《かたず》を呑んで見守っている。

シンはマスに書かれた文字を読み上げた。

「温泉でサルとケンカ。仲直りの握手をする……できなかったら一回、休み⁉」

これまたとんでもない内容だ。

目を丸くするシンに、花は言った。

「今日、おサルさんとケンカしちゃったでしょ。あの時は、タオル取られて花もいやな気持ちだった。でも……ケンカしたままはダメだと思うの！」

真剣オブ真剣な目が眩《まぶ》しい。

温泉が壊れた騒ぎの中、サルはいつの間にかいなくなっていた。だから仲直りをするには、まずは見つけることから始めなければならない。真っ暗な山の中で、である。

「そんなこと……」

「あれ、もしかしてできないの？　一回お休みかな〜？」

南雲のいやらしい笑顔にシンはブチ切れた。

「できねーなんて言ってねぇだろ！　見てろ！　速攻で捕まえてきてやるよ！」

シンは勢いよく窓を開けて、外へと飛び降りた。

そもそも、花のためにゲームを全力でやり切ろうと決めた身だ。ここで棄権なんてあり得ないこともわかっている。

山に向かって走り出そうとする直前、頭上から名前を呼ぶ声がした。

「シン」

坂本がこちらを見ている。何も語らない顔に、「行ってこい」と書いてあった。

それから、スマホを投げてよこしてきた。さっきまで、坂本が額につけていたやつだ。

「うっす。すぐ戻ります！」

シンは木々を分け入るようにして、山の中へと突っ込んでいった。するとすぐ、暗幕にでも覆われたように光が遮られた。夜の山の暗さは尋常ではない。

ねっとりと絡みつくような闇と、ひんやりとした空気がシンを襲う。

その昔、坂本と二人、山の中で一昼夜潜伏したこともあったなと思い出す。

しかし今日は、そんなのんびりしている時間はない。早く見つけなければ。

——やっぱ、あれをやるしかないよな。

シンが考えていると、手元のスマホからルーの声がした。

『何も見えないネ〜。なんでライトつけないノ？』

坂本の時と同じく、スマホは旅館のメンバーと画像通話で繋がっている。

「んなもんつけたら逃げられちまうだろ」

『シンくん、がんばってー！』

「ああ、任せとけ」

花の声援に力強く返事をし、シンは目を閉じた。

——心が読める範囲はせいぜい半径二十メートル。けど、それじゃとても見つけられるとは思えねぇ。

シンは頭の中に流れ込んでくる声たちに意識を合わせた。

さらに、自分を中心に半径二十メートルの円を広げていくようなイメージで収音していく。まるで自分がアンテナになったような気分だ。

『あれ～、急に静かになっちゃった。お～い、生きてる～?』

「っ……うるせぇ! こっちは集中してんだ、静かにしろ」

南雲の軽口に怒鳴り返しつつ、シンの神経はずっと山の中の声に集中していた。

そのうち入ってくる声が加速度的に増えていき、シンのこめかみに痛みが走った。

『タヌキのねぐら固すぎじゃない? オレはもっとやわいのが好きだなぁ』

『あっ、また隠しといた木の実盗《と》られてる!』

『ふわあぁ……そろそろ飯でも探しに行くかぁ。今日は昨日《きのう》と別の家に侵入しようっと』

『――ふがっ!? タヌキの足音うるさぁ……やっと寝付いたとこなのに』

――キツネにリスに……タヌキ? と、ウサギか。サルはどこだ!?

声の捜索範囲がどこまで広がっているのか定かではないが、シンはかなり無理をしていた。鼻からタラリと温かいものが流れてきて、シンはますます急がねばと焦った。

――もうあんま保《も》たねぇ。けど、ここで失格なんて冗談じゃねぇ!

サルとの和解を望む花のため、ゲームのため、坂本のため、シンにリタイアは許されないのである。

「くっ……うう……！」

さらに集中するシン。とうに限界を超えて、頭の中はオーバーヒート状態。これ以上は脳に負担がかかりすぎてどうなるかわからない。

――くそ、ここまでか！

そう思った直後、シンの脳内に会話が聞こえてきた。

『いやいやマジだって。お湯がどっぱ～噴き上がったんだって』

『うそだ～。そんなの人間にできるわけないっしょ』

『だったらその目で見りゃいいじゃん。たぶんまだあの辺にいると思うし』

『いやだよ、人間にケンカ売りにいくとかさぁ。コスパ悪すぎ』

『なんだよノリ悪いなぁ』

会話の主が、坂本の顔を思い出している。間違いなく、あの時のサルである。

――こいつだ！

シンはすぐさま声の主の元へ駆けだした。

木々の間を縫うように、音を立てずに、ターゲットがのん気に井戸端ならぬ、木の上会議を繰り広げているその場をロックオン。

「見つけたぞ！」

「キッ⁉」

見覚えのあるサル顔がビックリ仰天、枝から落ちそうになるのをキャッチして、シンは急いで旅館へ引き返したのだった。


「すごいすごーい！　シンくん、ありがとう！」

連れ帰ったサルと仲良く握手をした花は、とにかく嬉《うれ》しそうだった。

ちなみに、最初こそ『このサル攫《さら》い！　とっとと放せ！』と悪態をついていたサルは、ピー助の協力の元、和解に応じてくれた。

『俺はまだ許してない』

坂本だけは密《ひそ》かに怒っていたけれど。

ともかくミッションは成功である。

サルを再び山へと返し、次はいよいよ花の番。

今度はどんな無理難題が飛び出してくるのかと内心ドキドキしていたシンだが、以降はしばらく平和な内容が続いた。

みんなにお茶をいれるとか、歌を披露とか、そんな感じの優しいミッションだ。

――さすがに全部が全部、超ハードってわけでもないんだな。

ホッとしたのも束《つか》の間、二周目に入って再びハードモードな内容がシンたちを待ち受けていた。

「お空の星をゲットしてくる、なおすごーく高いところにある星でもいいよ……って、どど、どうすりゃいいんだよ～⁉」

二周目、四番目に駒を進めた平助は書かれたミッションを読むなり、頭に大量の「？」と「☆」を浮かべていた。

言うまでもなく、空に浮かんでいる本物の星をゲットしてくることは不可能なわけで。そうなると「すごーく高いところにある星」とやらをゲットしてくる必要があるわけだが……。

――高いところにある星ってなんだ……？

シンも平助とともに首をひねっていた。

それを見て、花が「じゃあ大ヒント！」と立ち上がる。

何をするかと思えば、鞄《かばん》の中から旅館のパンフレットを引っ張り出してきて、「え～っとね～」と言いながら、何かのページを探していた。

そして。

「これ、高いところのお星様だよ！」

見せてきたのは、温泉街から旅館までの道中に点在している美術館の写真だった。

西洋のお城を思わせるようなとんがり屋根の上に、確かに星のオブジェが飾られている。

――これをゲットしてくるって……。

目が点になったシンの横で、平助は吠《ほ》えた。

「わかった！　これを撃ち落としてくればいいんだな！　うおおおおお～～！」

にわかに立ち上がり、これまた荷物を漁《あさ》る平助。

「こんなこともあろうかと、持ってきてよかったぜ～」

「ピ～ッ」

「じゃあ行ってくる！　ゲームは先に進めててくれよな～！」

そう言って、あっという間にライフルを組み立てたかと思ったら、平助はシンたちが声をかける間も与えず、部屋を飛び出していってしまった。

平助が座っていた席には忘れ去られたらしいスマホが残っていた。

一応帰りを待つこと三十分。戻ってくる気配は一向になく、坂本と花が協議した結果、平助の言葉通りゲームを先に進めることに。

次は五番手・ルーである。

ルーは終始、余裕の表情だった。

一周目の内容は葵の肩を揉《も》むなんて普通のものだったし、今回も、書かれていたのは旅館の中を一周探検というライトな内容だったからだろう。

ところが。

『むむ、無理ネー！』

部屋から出て五分もすると、画像通話の画面にはルーの泣き顔が映っていた。

『もう帰るヨ〜！』

「お前な……まだ三分の一も進んでないだろ」

『だって、こんなの肝試しと——ヤ——————ッ！　蛍光灯が消えた———ッ！』

画面の中で、蛍光灯がチカチカと点《つ》いたり消えたりを繰り返していた。

今日の宿泊客がシンたち一組だからなのか、はたまた単なる節約なのか、部屋から離れた館内の奥は電灯が消されている。

ここは幽霊屋敷でも心霊スポットでもないのだから、怖がる必要なんてないとわかっていても、ちょっと不気味ではあった。怖がりのルーならなおさらだ。

ルーの狼狽《ろうばい》ぶりに、さすがに花も心配そうな顔になっていく。

これはもうリタイアもやむ無しではと思ったところで、ルーが懐から何かを取り出した。

『うっ、うっ……せめてキンチョーをほぐす薬でも飲むヨ』

——ん？　小瓶？　まさかあれは……！

「ちょっと待て、ルー！　それ酒だろ！」

画面に向かって声をかけた時には、ルーは口につけた小瓶をすっかり逆さにしていた。

そんなルーの背後に、ゆらりと何かの影が動く。

画面をじっと見ていた花が「あっ」と声を上げる。

次の瞬間、ルーの肩をガッとつかむ手が映り、シンは思わず息を呑んだ。

しかしルーは悲鳴を上げていない。それどころか……。

『セクハラお化け野郎、発見ネ～～』

ニコニコ笑顔で、振り返りざま手の持ち主をぶん殴るルー。

『あはははは、ふっとんだヨ～……』

バタン。

酔拳《すいけん》の餌食になったのはホテルの法被《はっぴ》を着こんだ従業員だった。

ふっとんで、べしゃんと床に叩きつけられた従業員。その姿を前に大笑いして、ルーもまた酔いつぶれたのだった。

ルーはシンの手によってすぐさま回収された。

被害に遭った従業員にも平謝りするはめになった。廊下で迷っているらしいお客様に声をかけようとしたところ殴られたのだから、謝られたくらいじゃ許さないのが普通だけど許してくれた。

ともかく、ルーを背負ったシンが部屋に戻ってゲームは再開された。

平助は相変わらず戻ってくる様子がなく、ルーが起きる気配もない。そんなわけで参加人数を七人から五人に減らしつつ、順調にゴールを目指して駒を進めていく。

中盤、またも平和なターンが続いたかと思った五周目。

「あらぁ、どうしようかしら」

困った顔をしたのは葵だった。

いったい何が書かれているのかと覗き込んでみると……。

「みんなを驚かせて……って、これどういう意味だ？」

花を見ると、すでに葵を見て目をキラキラさせている。

花には葵が「何か」をするのがわかっているらしい。

「ママ、早く！　早く！」

「ふふ、それじゃあ……」

おもむろに、葵がサイコロに手を伸ばすと。

「あら、サイコロがすっごくおっきくなっちゃった」

ボボンッ――！

突然、シンたちの目の前でサイコロが巨大化した。

「なっ……!?」

思わず言葉を失うシン。隣では、さすがの南雲も驚いた顔をしていた。

「へ～、タネが全然わからなかったなぁ」

「ふふ、タネも仕掛けもありません……なんちゃって」

再び葵がサイコロに触れると、今度はシュッと縮んだかのように元の大きさへ。

驚くシンたちに、葵はペロリと舌を出してみせた。

「実はこれ、手品のグッズなのよ～」

「そうなんだ～。気づかなかったな～」

「さすが葵」

興味深そうに呟く南雲の隣で、坂本は自慢げな顔をしていた。

花はといえば満足そうな笑みを浮かべていた。

「花も！　花もぜんぜん、わかんなかった！」

どうやらこの手品が最近の葵と花のブームらしい。

タネありありのグッズとはいえ、あれだけ見事に手品を披露したその腕は、やはりすごいとしか言いようがなかった。

「これは僕も負けてられないな〜」

心にもなさそうに言いつつ、南雲が駒を動かし始める。

いつの間にかサイコロを振っていたようだ。

「あは、なるほどねぇ」

マス目に視線を走らせるなり南雲が言った。何やら一人、納得顔をしている。

いったい何が書かれていたというのだろうか。

「花ちゃん、ちょっと後ろを向いててくれる〜？」

「あっち？　わかった！」

——こいつ、何する気なんだ？

訝《いぶか》しく思いつつ、シンが瞬《まばた》きをした……その刹那。

「うわっ！」

シンはほんの一瞬前までそこに座っていた南雲が、まったくの別人……いや別キャラになっていることに腰を抜かしそうなほど驚いた。

長い耳に、ふっくらとしたボディ。とぼけた顔は、間違いなく花が大好きなアレである。

「シンくん？　どうし――シュガーちゃん⁉」

振り返った花もまた、驚いたように目を丸くした。

「本物のシュガーちゃん⁉」

ふんすと鼻息荒く、シュガーちゃんに駆け寄り前から後ろから観察する花。

シュガーちゃん、もとい南雲は求められるままに花と握手をしていた。

「けど、なんでシュガーちゃんなんだ？」

シンが首をひねると、シュガーちゃんがスゴロクのマスをトントンと指で叩いた。

さっき南雲が駒を置いたマスである。そこに書かれていた内容を読み上げて、思わず叫ぶシン。

「シュガーちゃんのモノマネ……？　いや、モノマネの域を超えすぎだろ！」

葵の手品にもビックリだったが、南雲のこれもまた変装術の域を超えている。

もはや魔法じゃないかとさえ思う。

「すご～い、シュガーちゃんお腹《なか》モフモフ～」

花はものすごく楽しそうにシュガーちゃんのお腹を触っていた。

中身は南雲なのにと思うと、なんだか心配になってしまう。

当然、坂本も心の中でブチ切れながら耐えていた。

『花にお腹を……南雲、殺すっ』

――気持ち、痛いほどわかります。坂本さん。

今日一番の花の笑顔を前に、シンも悔しかったのである。けれど、最も大切なのは花の笑顔なわけで。あんなに嬉しそうにしているのを、誰が邪魔できようか。

シンもまた南雲へのイライラを必死に耐えるしかなかった。

「にしても、その体……どうなってんだ？　着ぐるみとは違うんだよな……」

ひとしきりシュガーちゃんと戯れて満足したらしい花が離れたあと、シンは興味本位でシュガーちゃんの横腹をぎゅっとつまんでみた。

どこかマヌケな顔と、ゆる〜っとした仕草に完全に油断していた。

中身は南雲なのだということを一瞬だけ忘れていたのだ。

「マジの脂肪みてーな――ヘブッ!?」

シュガーちゃんの拳……強烈なラビットパンチに、シンはしばし気絶するハメになったのだった。

花のお手製スゴロクを始めて、およそ二時間が経過しようとしていた。

時刻は夜の九時を回り、花はウトウトし始めていた。いつもはそろそろ寝る時間なので、それも仕方ない話である。

ちなみに平助は未だに戻って来ておらず、ルーもぐーすか寝ている状態。

ゴールが近いものの、花が寝るとなるとゲームを続ける意義もない。

「どうします？　そろそろお開きにします？」

シンが坂本に聞くと、ここぞとばかりに南雲が煽ってきた。

「えぇ～、まだ勝負ついてないのに～？」

「花ちゃんのためのゲームみてーなもんだからな」

「ふ～ん、じゃあ負けを認めるってこと？」

ニヤニヤしながら自分の駒が置かれたマスをトントンと指で叩く南雲。

今、一番ゴールに近いのは南雲だ。ここでゲームを終了するということは、南雲が優勝だと認めることになる。それは悔しい。

しかし、今日のゲームの目的は南雲との勝負をつけることじゃない。花に楽しんでもらい、それを見た坂本に喜んでもらうことなのだ。目的は、ある意味達成されていると言ってもよかった。南雲の煽りに乗ることもない。

そう思うシンだったが、状況はすぐに変わった。

「花……最後までやるの……！」

目をこすりこすり、花が宣言したからだ。

「シン……続けるぞ」

「っす！」

花がやりたいというのではあれば、是非もない坂本とシンである。

花は、まだ眠気が完全に覚めていないのか、少し頼りなげな手つきでサイコロを振った。

出た目に沿って、やはり眠そうな顔をしつつ駒を動かしていく。

そして。

「……！　ワルモノをやっつける！　だって！」

急に覚醒したのか、目を大きく見開きキラキラさせる花。この上なく嬉しそうだ。

――けど、ワルモノつったって……。

とりあえずここは、自分がワルモノのふりでもするべきかと考えた時だった。

『……シン、避《よ》けろ』

頭の中に坂本の声がして、次いで何人もの男たちの声がなだれ込んできた。

『今だ！　ぶっぱなせ！』

シンは瞬時に理解した。今いる部屋に無数の銃口が向けられている。坂本の懸賞金狙いの殺し屋たちが集まっていたのだ。

考える間もなく花とルーの体を抱えて、シンは寝室へと飛びのいた。

坂本も同様に葵を抱えて弾を避けていた。

南雲はといえば。

「あ〜、やっと来たか〜。待ちくたびれちゃった」

所持していたらしい大きなケースから、これまた巨大な六徳ナイフを取り出していた。

「おい……お前、ここが狙われてるってわかってたのかよ⁉」

「あれ、言ってなかったっけ？　僕のターゲットがここに潜伏してたみたいで〜」

南雲のことだから任務の合間の暇つぶしに来たに違いないとは思っていた。だけど、まさか南雲のターゲットが坂本狙いの賞金稼ぎだったとは。

「シン、言っても無駄だ。それより来るぞ」

坂本の言葉を合図にしたように、四方八方から殺し屋たちがなだれ込んでくる。

「葵さんたちは俺が守ります！」

寝室を狙う卑怯《ひきょう》なやつらをぶん殴るシン。

それを見て、坂本は南雲のいる主室へ戻った。

「……花に見せるな」

「は～い。じゃあ、移動するね～」

南雲が巨大な六徳ナイフを軽く振り回すと、床に大きな穴が開いて、殺し屋たちは下の部屋へ真っ逆さま。

坂本と南雲も穴の中へと降りて行ったかと思った直後、建物が破壊されていく音が鳴り響き、殺し屋たちの悲鳴がこだました。

「じゃ、僕はそろそろ行くね～」

そう言って、南雲は積み上げた殺し屋たちを縄でひと括《くく》りに縛り上げ、引きずりながら山を下りて行った。

大乱闘の末、旅館は半壊。風情ある建物は今やすっかりボロボロだ。

南雲と山となった殺し屋たちの姿が小さくなっていくのを見送りながら、シンはガックリ肩を落としていた。

「まさか、従業員全員殺し屋だったなんて……」

乱闘後、坂本と南雲が導き出した結論は、温泉旅行が当たったこと自体、坂本を狙う悪党どもの罠《わな》だった――という話で。

――そんなのありかよ！

これではおちおち温泉旅行にも行けやしないと、シンはすっかり脱力していた。

ちなみに、坂本は旅館に到着して早々に気づいたらしい。狙われるのがもはや日常となっている坂本なので、さして気にもしていなかったようだ。

「だからってビックリするじゃない」

と、葵に言われて、ちょっぴりしょんぼりはしていたけれど。

幸いにも、花が最後までニコニコ笑顔でいることがシンにとっては救いだった。

「あーあぁ、お風呂も布団《ふとん》もダメなんて……がっかりネ」

「車でねるのも、きっと楽しいよー！」

乱闘騒ぎで、さすがに目を覚ましたルーにことの顚末《てんまつ》を説明しつつ、花はむしろ今の状況を楽しんでいるようにも見えた。

そんな中、

「おぉ～い！」

「ピーッ！」

「ん？　あっ、あー！　平助とピー助か！」

すっかり忘れていた一人と一羽の帰還である。

平助は、小脇に星のオブジェを抱え、背中にライフルと大きな何かを背負っていた。

――マジで星を撃ち落としてきたのか。

色んな意味ですごいやつだなと感心するシンと、「へーちゃん、おかえり～」と出迎えた花に、平助は背負っていたあるものを差し出した。

「これ……シュガーちゃん！」

「なんかよぉ、美術館行く途中で転がってるのを見つけてよ～」

「水柱で吹っ飛ばされてったやつか！」

花の前に置かれた、ずっしり重みのあるシュガーちゃんは、間違いなく露天風呂に置かれていたものだった。それを、まさか平助が偶然見つけて持って帰ってくるなんて。

「おおー！　これがあれば家でも温泉気分を味わえるヨ！」

「いや、勝手に持って帰るわけにはいかねーだろ」

「そうねぇ……じゃあ、こうしましょ。旅館の元の持ち主にちゃんと聞けばいいのよ～」

そう言って、すぐさま葵が電話で確認を取ると。

「温泉再開まで時間がかかっちゃうし、その間にコラボ期間も終わりになるから、自由にしてくださいって」

「ほんと⁉　じゃあ、みんなで温泉できるね！」

葵の言葉に、花がパーッと顔を輝かせた。

それを見た坂本が頬《ほお》を緩めるのを、シンは見逃さなかった。

色々あったけれど、最終的に花が笑い、坂本が喜んだのならそれでいい。

「坂本さん……よかったっすね」

「シン……」

坂本が何か言いたげにこちらを向く。シンの頭の中に、声が聞こえてきた。

『色々助かった。今回もよくやった』

「いやだから、そこは口で言ってくださいって！」

ついつい半泣きになるシンだけど、内心は喜びでいっぱいだ。

けれど……と、シンは花が両手で抱きしめたシュガーちゃんをジッと見た。

「温泉気分もいいすけど、また、ちゃんと来ましょうね。次は自分たちで旅館を選んで」

坂本がコクリと頷く。

シンは、今回もドタバタな旅行になったものだと振り返りつつ、次こそは平和に過ごそうと心に決めていた。

神々廻の餃子論

SAKAMOTO DAYS

春夏秋冬、餃子《ぎょうざ》はいつ食べたって最高に美味《おい》しい料理である。

だけど、今日みたいな日にこそもってこいだ……と、神々廻《シシバ》は考えていた。

何しろ寒い。続く異常気象で長すぎる夏がようやく終わりを迎えたかと思ったら、秋をすっとばして冬がきた。厳しすぎた残暑の疲れを癒やす暇もなく、自律神経は乱れるばかりだ。

ここのところの連勤も少々堪《こた》えていた。それだけ世の中には、ORDER《オーダー》の名の下《もと》に粛清されるべきクズの悪党が多すぎるという証拠でもあるのだろうが。

かといって神々廻は任務に疲弊しているわけではなかった。相手がどんなクズだろうが、ただ粛々と殺《ヤ》ればいい。

神々廻を疲れさせているのは、たったひとつ。大佛《オサラギ》の存在である。

今日も今日とて大佛との会話は噛《か》み合わず、神々廻はそろそろ一人になりたかった。

願わくは、任務のあとは誰にも気を遣うことなく食事を楽しみたい。

疲れた体に栄養素を摂《と》り込み、隅々までいきわたる感覚をじっくりと味わおうではないか——任務が全て終わろうという夕方、神々廻は心に決めていた。

「ほんなら解散ちゅうことで」

現場修復にやってきたフローターにあとを引き継ぐなり、神々廻は大佛に告げた。手元のスマホでは、これから向かう店までの行き方をチェックしていた。

ちなみにフローターというのは、殺連《サツレン》所属の事後処理部隊のことだ。

「どこに行くの？」

鋭すぎる問いに神々廻の心臓が小さく跳ねる。

黒々とした大佛の瞳は、神々廻の微《かす》かな変化も見逃すまいとしているようだ。

神々廻はスマホをしまい、表情筋ひとつ動かすことなくいつもの調子でシレッと答えた。

「どこにて、家やろ。任務も終わってんねんから」

そんな答えには納得できないとでも言いたげな目が、こちらを凝視している。

「大佛も気ぃつけて帰り。ほな」

神々廻はボロを出す前にとっとと離脱することにした。

その後神々廻がやってきたのは、とある町の繁華街にある店である。

「羽根つき餃子」の老舗《しにせ》・ハオハオ。

神々廻が愛読している食レポブロガーの豊受《とようけ》さんが絶賛するお店で、甘みの強い白菜をたっぷりと使ったジューシーでヘルシーな焼き餃子が売りの人気店だ。

もちろん玉ねぎは使っていない。

「さぶ」

そろそろマフラーのひとつも必要かと考えながら、神々廻は列の最後尾へとついた。

とはいっても神々廻の前に並ぶのは二組だけ。すぐに順番は回ってくるはずだ。

ふいに、炎天下のラーメンフェスで大佛と二人、並んだ日のことを思い出す。

あの時は、勝手にトッピングを足されるわ、逆に欲しいトッピングは手に入らないわ、激辛ソースで舌をぶっ壊すわ、最後の一杯を台無しにされるわ。散々だった。

しかし、今日ここに大佛はいない。久しぶりに実現されようとしている「独りメシ」に向けて神々廻のワクワクは止まらなかった。

今のうちから何をどう食べるべきかを考えなければと、煤《すす》けた外看板のメニューを見る。

やはり王道の焼き餃子盛り合わせからいくべきか。

そうこうしていると早くも神々廻の順番が回ってきて、

「いらっしゃいませ。一名様でよろしかったでしょうか」

店員がニコニコと聞いてきた。

見ればわかるやろと思いつつ神々廻が返答しようとした、その時だ。

「二人です」

ボソリ……と、背後から聞こえてきた声に、神々廻の体が固まった。

恐る恐る振り返ると、暗がりから黒装束をまとう人物がヌルリと現れる。

誰かといえば他でもない、大佛だ。

そんなバカなと、神々廻は目をぱちくりさせた。幻でも見てるのかと我が目を疑う。

けれど、残念ながらそれは幻覚でもなんでもなくて。

「二名様ご来店です！」

「いや、なんでおるねん。てか、いつからいたん？」

「寒い。早く入ろ」

神々廻の質問を無視してそそくさと店の中へ入っていく大佛の後ろ姿を見ながら、神々廻が肩を落としてあとに続く。店の中は油の匂いが充満していた。

「ほんま、なんでわかったん」

熱すぎるおしぼりを広げながら聞くと、大佛はいかにもきょとんとしていた。

「……神々廻さんがスマホの画面見せてきた。餃子食べに行こうって」

「言うてへんし見せてへんし。さてはお前盗み見か」

「見せてきた。なのに、どうして置いてったの？」

メニュー越しにジトリと視線を投げてくる大佛。

「置いてったんとちゃう。元々一人で来るつもりやったんや。それをお前……」

「神々廻さん、友達いないの？」

「それはお前やろ。人を寂しんぼみたいに言うなや」

「カワイソウ……」

「勝手に哀れみの目を向けるな」

「注文しよ。お腹《なか》空いた」

いそいそメニューを広げる大佛を見て、とりあえず二度とコイツの前でスマホは開かんとこうと決意する。今後も「独りメシ」を邪魔され続けるのは避けたい。

とはいえ今夜は諦めるしかなく、神々廻はいっそ気分を入れ替えることにした。

せっかく二人いるのだから色んな種類を頼むのも悪くない。

焼き・スープ・蒸し・揚げと、餃子を堪能《たんのう》できるだろう。

決まりだなと、神々廻は手を挙げようとした。

「私、ラーメン食べたい」

　耳を疑う言葉に神々廻が動きを止める。

「聞き間違いやったかもしれんけど、一応確認するわ。お前ラーメン食べたいて言うた？」

「ラーメンのメニューどこにもないね。不思議……」

「不思議とちゃうねん。ここは餃子専門店や」

「神々廻さんがどうしてもラーメン食べたいって言った」

「言うてへん」

「言った」

「どうしてもラーメンが食べたいんやったら、一人で行ったらええやん」

「スープ餃子にする？」

　先が思いやられる。

　ともかく神々廻は手を挙げて、これ以上大佛が何か言う前に注文を済ませることにした。

「お待たせしました！　焼き餃子盛り合わせになります！」

　やたらに威勢のいい兄ちゃんが大きな皿をテーブルに置くと、香ばしい匂いが鼻を突き抜けた。一気に食欲が刺激される。

求めていたのはまさにこれだと、神々廻の高揚は最高潮へと達し、どれから食べるかと考えただけで口の中に唾液が溢《あふ》れた。

「神々廻さん、これ美味しいね」

「食べんの早っ」

大佛は、タレもつけずに餃子の一個を口に放り込んでいた。

無表情でハフハフと口から湯気を出す様が、何とも言えず滑稽である。

「でも、ちょっと味が薄い……?」

「ここの餃子はタレにつけて食べてちょうどいい味になってんねん」

神々廻が自分の小皿にタレを作り始める。酢と醤油《しょうゆ》を二対一。そこに唐辛子入りのラー油を垂らす。酢を多めにしたさっぱり目の配分が豊受さんのお勧めだ。

「……神々廻さん早くタレちょうだい。餃子冷めちゃう」

「これは俺のや」

「神々廻さんがタレ作ってくれるって言ったのに……」

「百歩譲って言うてたとしても、よう催促できるな」

ブチブチ言いながら、神々廻は別の皿にタレを作り始めた。問答を続けるより、さっさと作ってやって食べるに限る。

「神々廻さんのタレ、ちょっと酸《す》っぱい」

「醬油足すなり好きにしたらええ」

「わかった。お醬油入れてあげ――」

「なくてええねん。お前は自分のことだけに集中しといたらええ」

「……わかった」

珍しく素直な返事をして、大佛は醬油差しをテーブルへと戻した。

神々廻はといえば、優雅に割り箸を割って改めて餃子の匂いを堪能しているところだ。

ここからはお互い不可侵。神々廻は神々廻で餃子を楽しむ態勢になっていた。

さて何から箸をつけようか。神々廻は再び考えを巡らせた。

やはり最初は王道のニンニク餃子を食べるべきか。

見ると、白菜をふんだんに使っているというコロンと丸い餃子は、焦げ茶色の綺《き》麗《れい》な羽根をこれでもかと四方に伸ばしていた。

このパリパリをできるだけ崩さず楽しむのが醍《だい》醐《ご》味《み》だろう。

羽根を破かないよう慎重につまみ上げ、タレの中へダイブさせる。むっちりとした丸い膨らみにたっぷりタレをまとわせれば、極上の一品が完成する。

神々廻は嚙みしめた瞬間を想像した。

口の中でパリッと音がして羽根がサクサクしゅわっと消えていく。同時に、餃子の皮が破れて中からジュワリと肉汁が溢れてくるはずだ。

立ち上る湯気を見れば、いかに熱いかの予想がつく。だが、それがいい。

白菜の甘みに包まれた肉汁は、豊受さんいわく、まったく脂っぽさを感じさせないらしい。そして後から、ニンニクのパンチが鼻を突き抜けるのだとか。

早く食べたいが、待てよと手が止まる。

神々廻は口の中に溢れる唾を飲み込んで考え続けた。

エビ餃子からいくのも悪くないはずだ。

豊受さんのブログにはこう書かれていた。エビ餃子は、ふわりと海の香りが広がり、歯触りはプツンと心地よく、口の中で何度も弾むのが楽しくさえあった――と。

まずは繊細なエビ餃子を堪能したほうがいいのかもしれない。

いや、それでいったら、他の三種もトップバッターとして捨てがたいポテンシャルを持っていると思われた。

しょうが餃子のピリッとした爽やかな刺激を取るか。

シソたっぷりのさっぱりとした味わいを堪能するか。

タケノコとキノコをこれでもかと入れたタネと、ほうれん草を練り込んだ緑の皮のハーモニーを楽しむか。

一瞬だけ目を閉じる。途端に神々廻の鼻に届いたのはエビ独特の香りだった。

よし、エビだ――！

「へ……？」

目を開けた神々廻は、信じられない光景を前に唖然《あぜん》とした。ほんの数秒という短い時間に、五つの餃子が消えたのだから当然だ。こんなことをするのは一人しかいない。

神々廻が目を向けると、大佛は両の頬《ほお》をハムスターよろしく膨らませながら咀嚼《そしゃく》を繰り返していた。

「なんでなん？」

「……？」

「なんで俺の分まで食べてんねん」

神々廻の追及に、ごくりと口いっぱいの餃子を飲み込んだ大佛は小首をかしげるばかりである。

「神々廻さんが食べていいって言った」

「言うてへん」

「集中して食べろって言った」

「俺の分まで食べろとは言うてないねん」

きょとんとする大佛を前に、神々廻は一瞬でも餃子から目を離した自分を恨んだ。

とはいえ食べられてしまったものはどうしようもない。

神々廻はコップの水を半分ほど飲み下して、次の餃子の到着を待つことにした。


「お待たせしました、スープ餃子と蒸し餃子です！」

同時に配膳された品に、大佛は珍しくも目を輝かせた。

「スープ餃子、美味しそう……」

言うなりどんぶりにレンゲを突っ込む大佛。気が早いにもほどがある。

これではまたも自分の口に入る前に食べ尽くされかねない。神々廻は店員の兄ちゃんから取り分け用のお椀《わん》を受け取りつつ、釘《くぎ》を刺した。

「わかってるやろうけど、二人分やからな」

「え……スープ餃子は私の提案なのに？」

「人の餃子盛り合わせまで食うといて、よう言えたな」

「さっきから神々廻さんが横取りする」

「人聞き悪いで、ほんま。ほんでこのお椀、やたらヌメるねんけど」

神々廻のぼやきに、店員の兄ちゃんが申し訳なさそうに笑う。

「滑《すべ》りやすくなってますんで、気をつけてください！」

店員が店の奥へと戻っていくのを見ながら、神々廻は仕方ないのかもしれないと考えた。何せ机も椅子も床も、長年しみ込んだであろう油でギトついているのだから。

ともかく神々廻は、さっさとお椀にスープ餃子を取り分けて大佛に差し出した。

「熱いし、滑るし、気ぃつけや」

「あつっ」

言った側《そば》から、まんまと大佛の手からお椀が滑り落ちていく。

声を出す間もなく、お椀はテーブルにぶつかり跳ねて床に体当たり。黄金のスープとむちむちの餃子が無慈悲にぶちまけられていくのを、神々廻は黙って見ていることしかできなかった。

だから言わんこっちゃない。神々廻がため息をこぼす。

大佛は、ジトリと神々廻を睨《にら》みつけた。

「神々廻さんが落とした」

俺のせいとちゃうやろと言い掛けて、神々廻は言葉を飲み込んだ。

渡す時に、自分の手を引っ込めるタイミングが早かったかもしれない。

こうなったら、何を言っても大佛が納得しないのもわかりきっている。

致し方なく、神々廻は残りのスープ餃子のどんぶりを大佛の前に置いてやった。

香ばしい中華スープもモチモチの餃子も心惹《ひ》かれるが、まだ蒸し餃子が残っている。

満足げな顔でスープを飲み始めた大佛を確認して、神々廻は蒸し餃子へと箸を伸ばした。

ところが。

餃子をつかみ上げてタレにつけようかという瞬間、悲劇が起こった。

「お待たせしました！　焼き餃子で——うわっ⁉」

隣のテーブルに餃子を持ってきた店員の兄ちゃんがズルンと足を滑らせて、神々廻たちのテーブルに盛大にぶつかったのである。

滑りやすくなっているから「気をつけてください」と言ったのは、どの口か。

腹を立て掛けた神々廻だが、すぐに自業自得だと気づく。

彼は、今しがた神々廻がこぼしたスープに足を取られていたのだ。

蒸し餃子を食べることに気を取られて片付けを怠ったことを、神々廻は悔やんだ。

当然、神々廻たちのテーブルはもろに衝撃を受けて、倒れる勢いで傾いた。

蒸し餃子を載せた皿が落下の一途を辿《たど》る。同時に、神々廻の箸の先からも、そのひとつが投げ出されようとしていた。

考える暇もなく、神々廻は箸を動かした。今ならまだつかみ直せるはずだ。

しかし、箸は餃子の膨らみをつかみ損ねた。ブリンと箸から逃れた餃子が、さらに遠くへ放り出されてしまう。

皿の救出を優先すべきだったかと、神々廻は下方に視線を走らせた。

いつの間にか、テーブル下にスープ餃子のどんぶりを滑り込ませる大佛の手が見えた。

悪くない判断だと思った。

ポチャン、ポチャンとスープに落ちていく蒸し餃子群。床に落ちさえしなければ食べられるのだから、大佛は最適のフォローをしたと言える。

最後には、見事大佛は神々廻の箸が取り逃した餃子の一粒もキャッチして、相変わらずの無表情を浮かべながらどんぶりをテーブルへと戻したのだった。

そして。

「す、すみません！　大丈夫でしたか⁉」

「ええねん、ええねん。こっちも悪かったしな」

ぺこぺこ頭を下げて、手早く床を片付けてから奥へ引っ込む店員をひとしきり見送り、神々廻は大佛に向き直った。

「嘘《うそ》やん」

神々廻はそう漏らすしかなかった。

大佛のどんぶりは、すでに空になっていた。

「え、なんで全部食べたん？」

「どんぶりは私の分……」

それはそうかもしれんけど。

言葉が出ない神々廻に、大佛が追い打ちをかける。

「神々廻さん」

「なんや」

「……私の分の蒸し餃子がない」

「そろそろどつくでホンマ」

今ほど、怪訝《けげん》そうな目をする大佛を恨めしく思ったことはない神々廻だった。


その後も、神々廻の苦難は続いた。

二度あることは三度あるとはよく言ったもので、揚げ餃子を食べる直前、酔った客がぶつかってきて神々廻の皿を落とし、合間に追加した変わり種は品切れを起こし、メインに待っていた王道ニンニク焼き餃子は神々廻の前に運ばれることなく、注文はキャンセルせざるを得ない状況になってしまった。

ガス台に不具合が起きたため、焼くことすらままならなくなったせいだった。

ちなみに、最後の一皿が大佛の前に提供された直後のことである。

無論、だからといって分けてくれるような大佛ではない。

むしろ大佛は神々廻と目が合うや否や、餃子を一気に平らげて言った。

「神々廻さん……杏仁豆腐食べたい」

「勝手にしたらええ」


「考えたら、せめて生餃子を持ち帰りにさしてもろたらよかったな」

店を出た神々廻は、ぼんやり空を眺めていた。

結局、ひと口も餃子を食べることは叶《かな》わなかった。

「神々廻さん……あんなに食べたのに、お腹空いたの？」

「食べたんはお前だけや」

相変わらずのきょとん顔を見ながら、神々廻は心から思った。

大佛といると振り回される一方である……と。

ふいに大佛の視線が刺さり、神々廻は聞いた。

「どしたん、大佛」

「私、シメのラーメン食べたい」

「食いしん坊か」

神々廻は次回こそ、何がなんでも「独りメシ」を堪能しようと心に誓った。

勢羽兄弟のアルバイト

SAKAMOTO DAYS

それは、勢羽真冬《せばまふゆ》がＪＣＣ《ジェーシーシー》の編入試験を受けるより前の――ある日のことである。


「なんで俺が……」

真冬はキッチンカーの中に立ち、鼻から顎《あご》先まできっちりと覆ったマスクの下で呟《つぶや》いた。

いつもの黒いロングＴシャツにダボッとしたカーゴパンツを穿《は》いて、その上にはエプロンをつけていた。前身頃には「田中《たなか》Ｃ」と書かれている。Ｃは、クレープの頭文字らしい。

季節はそろそろ夏から秋へと移ろい始めようという頃だったが、この日はかなり暑かった。それでも頑なにマスクを外さないのは、あらゆる菌から身を守るためである。真冬は自他ともに認める潔癖症だった。

「ねえ～、まだあ～？」

やたら大きく間延びした声を上げたのは、キッチンカーの前に立つ小学校低学年と思《おぼ》しき男児である。

隣にはスマホに夢中の、ちょっと派手な装いの女が立っている。恐らく母親なのだろう。

男児のほうをほとんど見ずに、「今作ってるとこでしょ」と口にする。

男児は公園で遊んできた帰りなのか、手が泥だらけだった。「はらへったー」と言いながら、フード付きの半袖トレーナーで手をぐいぐい拭いている姿を見て、真冬はぎょっとした。

――うえ、汚ね。

センター分けの長い前髪から覗《のぞ》く、真冬のどこか冷めた目には、その子供が自分の服に菌を塗りたくっているようにしか見えなかった。

そんなタイミングで、隣の調理スペースから声がした。

「バナナチョコクレープ、完成」

そう言って、兄の夏生《ナツキ》ができたてのクレープを差し出してくる。

真冬と同じく、夏生もラフな服装にエプロンをつけていた。さすがに、普段標準装備しているヘッドホンはつけていない。

「わああ、うまそ～！」

キッチンカーの前で、男児が一気に目をキラキラさせて手を伸ばす。

当然、真冬は躊躇《ちゅうちょ》した。男児の手には相変わらず泥がついている。その彼に、自分がクレープを渡さなきゃいけないなんて拷問でしかない。

――兄貴がそのまま渡せばいいじゃん……。

そんな念を込めて、恨みがましい目を兄・夏生に向けた。

少しうねった癖のある髪と、目元のほくろが印象的な夏生はいつも飄々《ひょうひょう》としていて、達観しているかのような雰囲気があった。ソックリとはいかずとも、二人の面立ちや醸し出す空気感はやはり似ていた。

だからといって夏生が真冬の訴えを察してくれるわけもない。夏生は眉《まゆ》ひとつ動かすことなくシレッとクレープをカウンター内のホルダーに挿すと、そのまま知らんぷりしたのである。とっとと渡せということだ。

――クソ兄貴。

腹立たしく思っていると、今度は今までスマホに夢中だった母親が声を上げた。

「ねえ、ちょっと早くしてよ」

「はらへったー！」

男児に至っては、バンバンとキッチンカーを叩《たた》いている始末だ。

仕方なく、真冬はクレープをつかんで男児に差し出した。恐る恐る。いつでも手を引っ込められるように。

なのに。

田や C
クレープ
300円

「なんだよ、クリームすくねぇー！」

男児の手が自分の手ごとクレープをつかまんとするのを見て、真冬は反射的にそれを払っていた。

べしゃりとクレープが地面に叩きつけられる。

一秒後、何が起きたのかを理解した男児が「ぎゃあん！」と泣き出し、母親がすごい剣幕で何事かをまくしたて始めた。

――なんだよこれ。マジありえねー。ダルすぎ。てか、なんで俺が……。

真冬は男児に触られた手の甲を、アルコール消毒しながら心底うんざりしていた。

こんなことなら、ゲーム機欲しさに兄貴の口車になんか乗らなきゃよかった……と。

助け舟ひとつ出すわけでもなく淡々と新しいクレープを作り始める夏生の、冷めた横顔を見ながら、夏生は今朝《けさ》のことを思い出していた。


ここのところ、いつにも増して真冬は自室にこもりきりだった。

理由は単純明快。夏生がＪＣＣの寮から、長期休みで帰宅しているからである。

ただでさえ無口で考えの読めなかった兄は、最近輪をかけて捉えどころのないヤツになっていて。夏生のためにＯＲＤＥＲ《オーダー》を目指していることをひた隠しにしている真冬としては、話し掛けづらさに拍車がかかるばかりだったのである。

――別に、話したいわけじゃねーけど。

真冬はベッドでゴロゴロしながら、スマホでとある家庭用ゲーム機の情報を漁《あさ》っていた。どこにでも持ち運びができるポータブルタイプのゲーム機だ。

いちいちモニターに繋《つな》がなくていいところが簡単で便利で、真冬も一台持っている。ただし、クソ兄貴……もとい夏生のおさがりだが。古い機種ではプレイできないゲームもあるしいよいよ壊れそうなこともあり、新しい機器を買いたいと考えていた。

その矢先、最新機種が発売された。買い替えのチャンスというものだろう。

そんな金があればの話だが。

「高。エグ。こんなの十四の小遣いじゃ無理だし」

真冬はスマホに表示されたゲーム機の値段を見て顔をしかめた。

親に買ってもらうなんて選択肢は、ゼロどころか可能性としてはマイナス。諦めるしかない。

真冬はため息をついてスマホをベッドの上に放り投げた。

夏生が突然扉を開けて顔を覗かせてきたのは、そんな時だった。

「あ、いた」

真冬はすぐに体を起こして文句を口にし掛けたが、夏生によって遮られた。

「シフトの件、大丈夫ス。代わり見つけたんで……はい」

耳にスマホを当てて誰かとしゃべっている。

——なんなんだよ。

意味もわからず真冬がジロリと夏生を睨《にら》むと、

「貸しっすよ」

と、電話の相手になのか真冬になのか、夏生はわずかにドヤ顔をした。

嫌な予感がする。とりあえず無視を決め込もうと、真冬は頭から布団《ふとん》を被《かぶ》った。

しかし、すぐにそれをはぎ取って、

「おい、出るぞ」

夏生がそう言うのである。

「布団取るなし」

奪われそうになった布団の端をつかみ、真冬が必死に抵抗を試みる。

「どうせ暇なんだろ」

言われて真冬は押し黙った。

寝るのに忙しい。ＪＣＣの試験に向けて日々やることはたくさんあるからこそ、たまの休息が大事。バカ兄貴には関係ない。言いたいことはあるが、どうせ何を言っても倍にして返されるだけだ。

そんな真冬の態度を、夏生は了承と受け取ったらしい。

「十分後に玄関な」

「行くなんて言ってないけど……」

「反論しないってことはＯＫってことだろ」

ほら言い返された。またも真冬はむぐぐと口を結んだ。

夏生を前にすると、言いたいことがうまく出てこなくなるのは常だった。

「……せめてなんの用事かくらい言えよ」

「バイトだよ。クレープ屋。そっちで世話になってる上司が急用で来られなくなったらしいから、その代わり」

「俺には関係ないじゃん」

「バイト代が出る。ゲーム機、買いたいんだろ」

夏生の視線は、布団を剝《は》がした勢いで床に転がったスマホに注がれている。さっき検索したゲーム機の情報が、まだ画面に映っていた。

「バイトなら他で――」

「十四じゃ無理」

夏生はこう言いたいのだ。自分のところなら、お手伝いとして金を出してやれるんだからつべこべ言わずについてこいと。

「なんで俺が……」

真冬がブツクサ言いながらベッドから立ち上がる。夏生はすでに部屋を出ていた。

――勝手かよ。

転がったスマホを拾い、机に常備している新しいマスクをつけながら、真冬はため息をこぼした。いつも自分を置いてどこかへ行くくせに、こんな時ばっかり強引な夏生が少々恨めしくもあった。

けれど、バイト代を出してもらえるというのは確かにありがたい。

最新のゲーム機のためだと自分に言い聞かせて、真冬は外出の準備を始めた。

真冬は、ようやくキッチンカーの前から消えた親子の後ろ姿をぼんやり見ながら後悔に打ちひしがれた。何故《なぜ》クソ兄貴に言いくるめられるまま、ここに来てしまったんだと。

そもそも、キッチンカーをひと目見た時から、真冬の胸には不安が渦巻いていた。

調理器具の洗浄は入念に行っているんだろうか。クレープに使う生地をこんな場所で混ぜて問題はないのか。車の屋根がついているとはいえ道の往来である。排気ガスの影響はないのか。

考えれば考えるほど、衛生面が心配になった。

ただでさえストレスフルな職場だというのに、夏生からはさらに負荷をかけられていた。

「言っとくけど、客にキレるのはご法度だからな。手を出したらバイト代はなし」

「はあ?　なんだよそれ。卑怯《ひきょう》だろ」

「手を出さなきゃ問題ないだろ」

つまり、何をされても我慢しろと言うのだ。

「てか、兄貴はどうなんだよ」

「同じに決まってんだろ」

「ＪＣＣの学生のくせにケンカもダメとか、意味わかんねー」

「ＪＣＣの学生だからだ。校外で一般人相手に騒ぎなんて起こしたら成績に影響する」

納得いかない真冬だが、夏生は、これ以上は問答無用とばかりに口を閉じた。

さらにもうひとつ、真冬には決定的に耐えがたいことがあった。

お金のやりとりである。

「おいボウズ、りんごのシナモンカスタードと、ダブルベリーのホイップをひとつずつ」

やたらにガタイのいい客がいつの間にか目の前に立っていて、真冬は一瞬だけ、体をびくつかせた。怖かったのではなく、単に驚いただけだ。

両の耳に、これでもかとピアスをつけた男である。あんなに穴をあけて、感染症は大丈夫なのかと他人事《ひとごと》ながら気がかりだった。

男の隣では、腰の曲がったおじいさんが杖《つえ》をついていた。何かブツブツと呟いているが、言葉を聞き取ることはできなかった。よく見てみれば杖かと思ったそれは日本刀のようで、真冬は頭の中にハテナを浮かべた。

——なんかやべーの来た。

二人とも黒いスーツを着込んでいて、いかにもカタギには見えない。

「おい、聞いてんのか」

「……聞いてるけど」

真冬は適当に返事をしながら心の中で舌打ちをした。客なんて、もう一人も来なければいいと思っていたからだ。

とはいえ、わざわざ追い返すような真似《まね》をするのもコスパが悪い。それこそ気力と体力の無駄遣いというものだ。とっととこの場をやり過ごす以外に、選択肢はない。

隣では、夏生が眠そうな顔をしながらすでにクレープの生地を、丸い鉄板の上に落とし始めている。どうもラジオを聴きながら作っているらしい。うっすらと、「爆弾犯について、新たな目撃情報です」と話す女の人の声が耳に入った。途端に夏生が眉をひそめたのは、聴いていたラジオチャンネルが速報で邪魔されたからかもしれない。

そんなことを考えていると、ガタイのいい男が聞いてきた。

「いくらだ？」

「六百円」

――外に値札がついてんだろ。

そう思いつつボソッと告げる真冬。

男は、スーツの内ポケットから財布を出すと、千円札を一枚、差し出してきた。

その光景を見て、真冬は気だるげな目を、ますますじっとりと半眼にさせた。

受け取りたくない。

真冬がこのバイトを心から後悔しつつあった理由のひとつが、この、金の受け渡しである。

——絶対菌だらけだし。

紙幣一枚には、平均でおよそ二万六千個の菌が付着していると力説していたのは、なんの動画だったろうか。潔癖症の真冬が初めてその情報に触れた時は、卒倒する勢いだった。目の前に差し出される一枚の紙幣は、真冬の目には菌の塊に見えていた。

「おい、何ぼさっとしてやがる」

ドスの利《き》いた声を聞いて、ようやく指先でつまむようにして紙幣を受け取る真冬。男の視線が、一気に鋭くなった。「汚《きたね》ぇとでも言いてぇのか」と顔に書いてあったが、文句をつけられることはなかった。

——だって実際、汚いし。

心の中で言い訳をしてレジを打つ。こちらは開店前にアルコールをたっぷり吹き付けておいたので、まだ安全だ。

けれど、釣銭はそうもいかない。増減するたび消毒するほどの暇はなかった。ここから百円玉硬貨を四枚も取り出して客に渡さねばならない。

真冬にとっては遠く険しい道のりである。

そうこうしている間に、夏生はりんごのシナモンカスタードの仕上げに入っている。

なんかもう、夏生が作り終わるのを待って対応してもらいたいとさえ思った。

「いつまでタラタラやってんだ」

先ほどよりも少々強めの口調で急《せ》かされて、真冬はため息をついた。

――せめてトレイとか用意しとけよ、クソ兄貴。

夏生に念を送りつつ、男の手に直接触らないように釣銭を宙に置く。

すると、硬貨の一枚が男の分厚い手の中でバインと跳ねた。

「あっ」

と、思った時には、硬貨は隣のおじいさんの顔をめがけて舞い上がっていて。

途端におじいさんの呟きが大きくなる。相変わらず何を言っているかは判然としないが、声を聞くと同時に、真冬の背中から首筋にかけて一気に寒気が駆け抜ける。

妙な気配が、おじいさんを中心にぶわりと広がった気がした。

けれど、その気配はすぐに、急速にしぼんで消えた。

「おい、テメェ！　気をつけやがれ！　危うく顔にぶつかるところだったろうが！」

おじいさんの顔にぶつかる既《すんで》のところで、ガタイのいい男が硬貨をキャッチする。おじいさんの呟きは、再び弱々しく小さくなっていった。

クレープを受け取った二人がどこかへ去ったあと、真冬は心から思った。

——あんな怒鳴るとか、マジ大人《おとな》げね～～だろ。普通に考えてよ～～～～。

よく耐えたと、真冬は自分で自分を褒めた。

ついでに、頭の中で、男を追い掛け靴のかかとに仕込んだナイフでバッサリと首を掻《か》き切る妄想をした。

妙な気配はあったが、体が大きいだけの男なんて本当なら怖くもなんともない。なのに我慢しなければならないのだ。妄想で殺しておくくらいしなければ気がおさまらない。

それでもこみ上げる悔しさに、ジワリと視界が滲《にじ》みそうになるほどだ。

だいたい、弟がこんなに苦労しているのを隣で見ているくせに、言葉ひとつかけてこないなんて薄情にもほどがあるのではないだろうか。

真冬は、本日何度目かの恨みがましい目を夏生に向けた。

ふいに、こちらを見た夏生と目が合う。夏生は、相変わらずどこか眠そうな、それでいてこちらを見透かしたような冷めた目をしている。

——なんだよ……。

思わず逸《そ》らしたくなった真冬に、夏生は言った。

「無駄にモメんな」

——他人事だと思いやがって……クソ兄貴。

真冬はまたまた、ゲーム機につられて手伝いを了承したことを後悔した。

その後も、真冬は慣れない接客に四苦八苦し続けることとなった。

二十代の、いかにも輩《やから》っぽい男と女が来た時は……。

「ねぇねぇ、こっちのチョコホイップと、チョコチップってさぁ、何が違うの～？」

「説明読めば？」

「は？　何その言い方」

「だってメニューに書いてあるし」

「おい、ガキ。俺のツレに何タメ口きいてんだ。ブチくらわすぞ！」

と、胸倉《むなぐら》をつかまれて。

「は～……おっさんの説教ダル。てか、手ぇ洗ってる？」

「こんのクソガキがぁ！」

思いっきり殴られ掛けた。当然避《よ》けたけど。

メガネに草履のファンキーなおばあちゃんが来た時は……。

「スペシャルにカラメルトッピングすんの？　胃もたれヤバそ」

「お前さんみたいなヒヨッコに心配されるほど耄碌《もうろく》しちゃいないね。人をババア扱いすんじゃないよ」

やっぱり怒られた。ちょっと思ったことを言っただけなのに。

他にも、やれ態度が悪いだの、目つきが悪いだの、生意気そうだの、ホスピタリティがないだの。

――なんだよ～。カスハラだろ、こんなん。

ほんの二、三時間働いただけで、真冬の心は折れる寸前だった。

「客前でマスクなんて非常識だろ！」

スーツを着た偉そうなおじさんに言われた時、ついに真冬は音を上げた。

「もう無理。マジ無理。てか、なんで俺がこっちなんだよ。どう考えても接客とか無理じゃん」

「……お前、クレープ作ったことないだろ」

夏生の反論はごもっともだが、真冬は引き下がらなかった。

自分よりも夏生のほうが、よっぽど接客に向いていると思ったからだ。

「やり方聞けばできるし」

「あっそ。じゃあ……」

と、夏生がつらつらと作り方を説明し始める。

要は、生地を極薄に伸ばして焼いて、そこにトッピングをすればいいわけだ。

――楽勝じゃん。

真冬はそう考えて、接客から解放される喜びに浸りながら場所を交代した。

が、すぐに挫折することとなってしまった。

「え、無理無理。暑すぎるでしょ」

鉄板の目の前は想像以上に熱気がすごく、真冬は額《ひたい》と首筋に、早くも汗を滲ませた。

こんなの三十分と耐えられそうにない。今すぐシャワーを浴びたいくらいである。

夏生はといえば涼しい顔をしてこちらを見ていた。

発明品を使って、暑さ対策を講じている可能性がありそうだ。

「……やっぱ戻る」

「金を稼ぐのに楽な道なんてないってことだろ」

「説教とか、どこのおっさんだよ」

腹立たしいことこの上ないが、夏生の言うことはたぶん正しいのだろうと思った。

少なくとも、夏生は四つ年上で、つまり四年分、人生経験が長くて、すでにＪＣＣにも通っていて、うるさい親父《おやじ》の下《もと》を離れていて、いつの間にかバイトなんかしちゃってて、世間のことも知っているのだろうから。

今すぐクレープ屋の手伝いなんて放棄して帰りたい気持ちの真冬だったが、ぐっとこらえることにした。

ゲーム機が欲しい気持ち以上に、兄貴にバカにされるのは癪《しゃく》だった。

ここで意地なんてものを張ってしまったことを、真冬は後々、甚《いた》く後悔することになる。


時間は午後三時過ぎ。

少し遅めのランチ休憩を取って、二人はキッチンカーを移動させていた。

夏生いわく、時間帯によって売れる地域というものが存在するのだとか。

キッチンカーは、真冬にはまったく馴染《なじ》みのない町の一角に停《と》まった。

時折吹く風に秋が近づきつつあることを感じるものの、陽《ひ》が高いうちはまだまだ暑い。

こんな陽気じゃ、クレープなんてあんまり売れないいんじゃないかと思いつつ、真冬は営業再開の準備をノロノロ手伝っていた。

キッチンカーの横腹にメニューの看板を提げる間、アスファルトに反射する光が真冬を襲う。やはり暑い。

——クレープよりアイスじゃね？

そんなことを考えながらキッチンカーの中へと戻る。

夏生は、相変わらずラジオを聴きながら優雅にコーヒーを飲んでいた。

「チッ……またか」

夏生が顔をしかめる。再び速報が入り、聴いていたチャンネルを邪魔されたらしい。

「迷惑なやつだな。爆弾持ってウロウロしてるなんて」

夏生が誰に言うでもなく言って、真冬も口を開いた。

「そのうち警察が捕まえるんじゃね」

普通の犯罪者なんて、とっとと警察に捕まるのがオチだ。真冬はそう習っていた。

それに答えるわけでもなく、

「売り場の窓、開けとけよ」

と、夏生が言った直後だった。

バンッ——！

両開きのバックドアを、乱暴に開ける音がした。

なんだと思って、真冬と夏生が同時に扉に目を向けると。

「二人とも騒ぐんじゃねぇぞ」

見知らぬ男が立っていた。

——は？　誰だ、このおっさん。

状況が飲み込めず、男をまじまじと観察しようと真冬が無意識に前のめりになる。

そんなわずかな動きさえ、男は許さず。

「動くんじゃねぇ！　妙な真似してみろ。その時は……」

男は着ていたジャケットの上着の前を開いて、その中にあるものを見せてきた。

アーミーベストを着ているようだが、そのポケットがどれも膨らんでいる。さらに、ポケットとポケットを繋ぐような、妙な配線が見えた。

極めつけは、右手に握る何かのスイッチ。

――まさか爆弾？　なんでそんなもん持ってんだよ。

ふいに、先ほど夏生が呟いた言葉が耳に蘇《よみがえ》る。

『迷惑なやつだな。爆弾持ってウロウロしてるなんて』

それが、目の前に現れたということか。

真冬はすぐさま、靴のかかとのピンを抜こうと手を伸ばした。仕込みナイフを使えば、こんな男瞬殺だ。

見たところ、男は中肉中背で、さほど強そうには見えない。目が血走っていて、息が上がっているのは興奮している証拠だろう。そこがまた弱さを露呈している気がした。

とっとと殺してジ・エンド。

そう思ったのだが。

ひとまず爆弾のスイッチを握りしめる男の右手をぶった斬ってやろうと、足を蹴り上げ掛けた真冬は、気づけば床に押さえ込まれていた。夏生に組み伏せられていたのである。

「なんで邪魔すんだよ」

「落ち着け」

夏生の手にガッチリと押さえつけられる真冬。それを見て、爆弾を巻き付けた男が鼻を鳴らす。

「次はぶち殺すからな」

先ほどまでの興奮はどこへやら、冷静さを取り戻したらしい男が放つ鋭い殺気に、真冬はほんの少しだけ背筋が冷えた気がした。

だからと言って、この状況に納得したわけではない。

ようやく立ち上がることを許された真冬は、夏生に小声で抗議した。

「言うこと聞く必要なんてあるのかよ。あんなヤツ殺したほうがいいだろ」

「試験前に殺人犯にでもなるつもりか。受験資格をはく奪されるぞ」

「じゃあ兄貴が殺せよ。いけるだろ」

「暗殺許可証がないから無理。それに下手《へた》に手を出したら、ドカンで終わる。一発であの世行きだ」

「首でも狙っときゃいいだろ」

男のヤバさを多少は感じていたが、それでも隙をつけば殺せないことはないだろうと思ったのだ。どんなゲームにだって攻略法はある。けれど、夏生はなおも反対した。

「あいつ、たぶん体内にも爆弾入れてる。音の感じ、心拍数と連動させてるっぽい。殺すほうがむしろ危険ってこともある」

「はあ⁉」

「まだ立場がわかってねぇみたいだな」

思わず高くなった真冬の叫びは、男の硬い声に遮られた。

「二人とも手を挙げて離れろ。妙な真似ができないようにな」

――くそ。なんでこんなやつの言うことなんか。

そうは思うが、耳を澄ますと確かにカチカチと妙な音が聞こえてくる。真冬は慎重にならざるを得なかった。

そうして爆弾男に視線を注がれながら、真冬が夏生から一歩離れた時だった。

「時間稼いどけ。中、荒らすなよ」

「は――？」

真横からの言葉に耳を疑って、真冬が顔を向ける。すると、夏生の体が、たちまち背景に溶け込んでいくのが目に入った。見慣れないジャケットのフードを被ったのが、辛うじて確認できた。

そういえば透明スーツがどうとか、前に聞いたことがあったっけと思い出す。

子供の頃から殺しの道具を作るのが好きだった兄貴は、今もせっせと何に役立つのかわからない道具を作り続けていた。

当然、夏生が突然消えたことに爆弾男もすぐに気がついた。

「なんだ……？　どうなってる？　もう一人はどこに消えた⁉」

動揺し、狭いキッチンカーの中を前後左右と大きく振り返る爆弾男。

――隙だらけじゃん。

真冬は男の右の手首を目がけて、もう一度足を振り上げた。要は殺さない程度に拘束をすればいいではないかと高を括《くく》っていた。

しかし、真冬の足は思った以上に容易《たやす》く止められてしまうこととなった。

振り上げた瞬間、ギロリとこちらを見定める男の目と、文字通り目が合って、真冬の動きにも隙が生まれていた。

おまけに、真冬がつかまれた足を振り払って体勢を立て直すのを見るや否や、男は近くにあったクレープ生地の入った大きなボールを投げつけてきたのだ。

真冬の視界は、甘い小麦粉の粘液で完全に遮られた。頭から被ったそれが、顔から首へ、さらに体へと流れ落ちていく感覚は、これまた不快だった。

そうして気づいた時には、真冬は爆弾男の左手で首をつかまれていたのである。

——こいつ……ただの爆弾男じゃない。

ギリギリと首が締まっていくのを感じながら、真冬はどうやら自分がまあまあのピンチに立たされているかもしれないことを実感した。

「お前が逃がしたのか」

「んなこと……してね……」

「どこへ消えた？」

「し……知る、か……」

ますます爆弾男の左手に力がこもっていく。

車に飛び込んできた時の慌てぶりが嘘《うそ》のように、男は冷静で冷淡に見えた。

けれど、男は何かを思いなおしたように真冬の首を締め上げていた手から力を抜いた。

ここで真冬を殺すのはまずいとでも考えたのかもしれない。

途端に、肺が空気を求めてあえぐ。

体を丸めてげほげほと涙目で咳《せき》を繰り返す真冬に、爆弾男は言った。

「車を出せ。すぐにここから出ろ」

血走っていただけだと思っていた爆弾男の目は、深い闇を宿しているように見えた。

やはりただのお騒がせ爆弾犯ではないようだ。

「……免許持ってない」

「チッ。助手席へ行け」

逆らえば今すぐドカンだと言いたげに爆弾男がスイッチのボタンに指をかけるのを見て、真冬は従う以外の選択肢はないらしいことを悟った。

それに、姿を消して何をするつもりなのか知らないが、夏生が「時間を稼げ」と言ったのだ。その言葉を信じる以外、他にどうしようもなかった。

真冬は男の指示に従う肚《はら》を決めて立ち上がり、バックドアへと向かおうとした。

「どこへ行くつもりだ！」

「助手席行けって言ったの、そっちじゃん」

キッチンカーは運転席とキッチンスペースとが、板で間仕切られている。

助手席へ行くにも、一度外へ出るしかない。なのに。

「舐《な》めた口利いてるんじゃねえぞ」

今度は胸倉をつかまれて、真冬は腹立たしさがこみ上げた。

ＪＣＣの受験さえなければ、本気さえ出せれば、こんなヤツ、今すぐにでも殺してやるのに――と。

「どうしろっていうんだよ～～」

思わず泣きごとを漏らす。爆弾男は真冬をひっつかんだまま、運転席へ続く間仕切り板を足でブチ破った。

「これで移動できるだろ。早く行け。それと……こいつを着ろ」

本当に最悪だ。キッチンカーの中を荒らすなと言われたばかりだというのに。

しかも、爆弾男が着ていた爆弾だらけのベストを着用させられるなんて。爆弾も嫌だが、見知らぬおっさんが着ていた衣服を身にまとうのは真冬には耐えがたい仕打ちだった。

一刻も早く対処してくれと、見えない夏生に視線をくれて、真冬は助手席へ移動した。

「これで、あいつらから逃げられる……このまま遠くへ行けば……」

男が終始ブツブツと言いながら、運転席へと体を滑り込ませる。

――こいつ、何から逃げてるんだ？

普通に考えれば警察だろうが、そんなものが追ってくる気配はない。

わからないが、わかったところでどうしようもなさそうだ。

――クソ兄貴、とっととなんとかしろよ。

そう念を込めながら、真冬はシートベルトをきつめに締めた。

走り出した車は、住宅街を抜けて大通りへと向かっていた。

爆弾男の運転は予想通り荒かった。狭い一車線の道でスピードを出すものだから、危うく人をひきそうになることもしばしばで。そのたび、真冬は、

「もうちょいスピード落とせよぉ」

と、嘆いた。当然、爆弾男は反論する。

「吹っ飛ばしちまえばいいだろ」

「そんなことしたら警察に追われるかもしんないじゃん」

その言葉に、爆弾男が「ふへは」と変な笑いを漏らす。

「お前、度胸あるなぁ」

「……普通でしょ」

「そういうとこだよ、そういうとこ。生意気そうなツラしやがってよぉ」

そう言って、げらげら笑う爆弾男。

――こわ、情緒不安定かよ。

目玉が飛び出しそうな勢いでキレ散らかしたり、冷静になって恐ろしいまでの殺気を放ったり、かと思ったら笑ったり。予測のつかない変化が気味悪い。

「この状況、あれだろ？　映画みたい～とか思ってんだろ」

これまたわけのわからないことを聞いてくる。

真冬は返答する言葉を見つけられず、前だけ向いていた。

背後から、時折微《かす》かに感じる気配だけが今は心の拠《よ》り所《どころ》である。

実を言えば一瞬だけ、夏生は一人でキッチンカーを降りたんじゃないかと思ったりもしたが、それはなさそうだ。

今はただ、運転席でおかしなテンションになりつつある爆弾男を、なるべく刺激しないようにやり過ごすしかない。

「残念だったなぁ！　映画じゃなくてよぉ！」

「思ってないし」

唾を飛ばしながら大きな声を出す爆弾男に、真冬はついうんざりした声を返してしまう。

たった今、刺激しないようにと考えたばかりだというのに。

爆弾男の声は、さらに大きくなった。

「バスジャックならぬキッチンカージャックってとこか！　さしずめお前は、乗り合わせちまったヒーローってとこか？　なあ！」

同意を求められてもさっぱりだ。

真冬が首をひねっていると、爆弾男は気分を害したのか起爆スイッチを握る左手で、ガンガンと肩を叩いてきた。

「有名な！　映画だろうが！　元警官が！　爆弾を使って！　復讐しようとする！」

ガン！　ガン！　ガン！　ガン！　ガン！

同じ場所を的確に何度も強く叩くので、さすがに痛みに顔をしかめる。

いつ間違ってボタンを押されるのではないかと、ヒヤヒヤもした。

——こんなんパワハラじゃんかよ。

真冬は耐えがたい苛立《いらだ》ちを募らせ始めていた。

相変わらず、後方のキッチンエリアでは夏生の微かな気配がする。が、いったい何をしているのか、どう爆弾男を撃退しようとしているのか、そもそも撃退するつもりでいるのかさえわからない。

隣では、爆弾男がいよいよハイになって、よくわからない話を喚《わめ》き散らしていた。映画の話は何ひとつもわからなかった。

間もなく大通りに出るはずだが、それはそれでさらに荒い運転が待っているかもしれない。考えただけでもうんざりしてくる。

案の定、大通りが見えてくると爆弾男はアクセルを強く踏み込んで、他の車なんてお構いなしにスピードを上げた。完全な危険運転だ。

「あと少しで逃げ切れる……！」

爆弾男は確かにそう言った。やはり何者かに追われているらしい。

「どこ向かうんだよ」

「空港に決まってんだろ！」

男がニヤリと笑う顔を横目に見て、真冬は冗談じゃないとマスクの中で奥歯を噛《か》んだ。

——コイツ、解放する気ないじゃん。

真冬は改めて、深く深く後悔した。

今日という日に、うっかりクソ兄貴の言うことなんかを聞いてしまったことを。

最新のゲーム機を入手するために、手伝いなんて引き受けてしまったことを。

家に帰りたいと思った時に、帰ってしまわなかったことを。

時間を稼げという兄の言葉を信じて、大人しくしている今を。

何より、体中にべとべとまとわりついているクレープの生地が甘ったるい匂いをさせていることに、吐き気を催すほどにイライラした。

――これ以上は絶対無理。

真冬は、じっと息をつめてタイミングを待った。

「この先で高速に乗っちまえば……へへ」

爆弾男が前のめりになる。

真冬は密《ひそ》かにシートベルトを外した。ここが最初で最後のチャンスだと考えた。

数百メートル先には巨大な街路樹が見える。爆弾男の意識は完全に真冬から逸れていた。

真冬は、街路樹の手前で車を横転させるつもりでいた。幸い、街路樹の手前には歩道に沿って立派な生垣が伸びている。うまいこと衝撃を吸収してくれるだろうと思われた。

爆弾男がどうなるかは知ったことではないが、さすがに即死まではいかないだろう。それなら、体内の爆弾がすぐに爆発することもないはずだ。逃げ出す時間が稼げれば十分だった。

――クソ兄貴も、自分でなんとかすんだろ。

少なくとも爆弾男の目には見えないんだから、逃げることに支障はないと判断した。

――悪く思うなよ。

そっとかかとに手を伸ばし、仕込みナイフのピンを抜く。

あと五秒……四……三……二……。

「どっかつかまっとけよ、兄貴——！」

真冬は思わず声を上げていた。

その時には助手席のシートの上にしゃがんだような体勢になっていて。

「てめ！」

爆弾男がこちらを向くか否かの刹那、真冬は男の左腕に強烈な蹴りを食らわせていた。

それこそ、切り落とすつもりの一撃だ。

車内に男のくぐもった悲鳴が響き、コントロールを失った車が見事に街路樹へと突っ込んで横転する。真冬の想定通りである。

爆弾男は、衝撃でフロントガラスに叩きつけられるように体を飛び出させたものの、意識を失うほどではなかったようだ。

「てめぇ……このクソガキがぁ！」

爆弾男は、ダッシュボードに体重を預けて、ブルブルと震えている。左手には、なおも爆弾のスイッチが握られていた。

切断したつもりだったのにと、真冬は舌打ちをした。

痛みで指一本動かせないはずだろうに、爆弾男の親指はスイッチボタンにかかろうとしていた。目視するより早く、真冬はその手をつかんでいた。

「放せクソガキがぁぁ！」

──放すわけねーだろ。ここで兄貴と心中なんて冗談じゃないっつーの。

横転に備えていたとはいえ、真冬も体を車内のどこかにぶつけていた。その衝撃で、うまく力が入らない。爆弾男も、もぞもぞと身をよじるのが精いっぱいに見える。

お互い、フラフラになりながらしばしばスイッチを奪い合っていた。

「いい加減、放せってんだ！」

破れかぶれに、爆弾男が真冬の手に嚙みついた。

真冬が「ぎゃあ」と声を上げたのは、痛みからなのか、あまりの不衛生さに堪《こた》えた──人間の口には何千億もの細菌がいると言われている──からなのかは定かではない。

それでもスイッチから手を放さなかったのは、こんなわけのわからないところで死ねるか、死なせるかという気持ちからだった。

けれどそれも限界に近い。

爆弾男が、もう一度嚙みつこうと口を開けるのを見て、真冬はぎょっとした。

──何やってんだよ、クソ兄貴。

いい加減何とかしてくれと、心の中で叫んだ……その時だった。

「待たせた」

頭の後ろで、パリパリと電気が走る音と一緒に涼しい声がして、

「ついでに悪い。そのままそいつの手つかんどけ」

夏生がそう言った。

——何するつもりだ？

咄嗟《とっさ》にバックミラーで背後を確認すると、夏生は何やら、ホースのようなものをこちらに向けていて……？

声を上げる間もなく、ホースから凄《すさ》まじく冷たい気体とも液体ともわからない何かが噴射された。

猛烈な勢いで噴き出されるそれが、運転席を白く覆っていく。

たちまち、真冬の体は凍った。もちろん爆弾男もだ。

——何しやがった、クソ兄貴。

そう叫んでやりたかったが、口すら動かない。

「まあ、こんなもんか」

呟きが聞こえて、夏生の気配が近づいてきた。

バリバリ音がするのは、夏生が無理矢理、真冬と爆弾男を引きはがしているからだろう。

——どっか割れたりしたら、どうすんだよ。

真冬の不安をよそに、夏生は真冬の体を引きずりながらバックドアから脱出した。

車内に爆弾男を残して。

キッチンカーから離れること、およそ数十メートル。時間にして約二分。

真冬を覆っていた氷の膜は、ここへきて急速に溶け落ちた。体も動く。ただし、急激な体温低下を引き起こし、とてつもなく寒かった。今さらながらクラクラした。車の横転時、頭もぶつけていたのかもしれない。

そんな真冬の代わりに、夏生が爆弾だらけのアーミーベストを脱がせていく。いつの間にか、起爆スイッチも奪ってきていたようだ。

「これ、何……した……」

「瞬間冷却装置。液体窒素がねーから、別のもん使ってる。そのせいであんまり長くは効かない」

あの短時間でよくもこんなものをと思う。兄の天才ぶりに感嘆すると同時に、幼い頃に感じたのと同じ苛立ちと焦燥を味わった。

「あいつが起き出す前にここから離れるぞ。正面からやり合うなんてバカバカしすぎる」

最初から、夏生は爆弾男の足止めを狙っていたようだ。

男が体内に保有しているらしき爆弾のことを思えば、当然の対処のように思えた。無傷で拘束するには骨が折れ、殺すにはリスクが高すぎる相手なのだから。

真冬はなんとか立ち上がろうと試みたが、足に力が入らない。

やがて、キッチンカーの中から爆弾男の怒号が聞こえてきた。

「くそがぁぁぁ！　てめぇら！　二人まとめて吹っ飛ばしてやるからな！」

真冬と同じく、体の自由を取り戻した頃なのかもしれない。

男の怒号を耳にした瞬間、夏生はため息をついた。

「はあ……めんど」

それから何故か、夏生はキッチンカーへと体の向きを変えたのである。

「お前、こっからは一人で行け」

キッチンカーを見つめる夏生の目は、いつも通り涼しくて、どこか世間とか周りのものを小ばかにしたような色なのに……。

――一人で死ぬ気かよ。許せるわけねー、そんなの。

一人で勝手に覚悟を決めている夏生に、真冬は猛烈に腹が立った。止める力も術《すべ》も持たない自分にも。

歩き出す夏生の背が、だんだん霞《かす》んでいく。

吐き気を催す脳の揺れが小さくなったり大きくなったりして、真冬の思考を奪った。

——ふざけんな。戻れよ。戻って来いよ。

せめて、一緒に逃げてくれればいいのに。そう思った時だ。

夏生が急に足を止めたと思ったら、空からひと筋の光が走るのが目に入った。

なんだろうかと瞬《まばた》きを一度。目を開けた時には、街路樹に突き刺さるように停止していた車が、真っぷたつに割れていた。

驚くべき光景に、真冬はぐわんぐわんと揺れ続ける視界を、そこに映る映像を、捉えようと目を必死に開けた。

映る映像は、すぐに縦から横に変わった。もはや上体を起こしてもいられない。

ドサリと真冬が倒れる音に、夏生が振り返る。

「真冬、しっかりしろ」

すぐさま夏生が取って返してくる様子に、真冬は安堵《あんど》した。

それでも目は閉じなかった。

まったくクリアになってくれない視界の先に、黒い人影がふたつ現れる。

ひとつは、ずいぶんと体の大きな人影で、耳元で何かがキラキラと光を反射していた。

もうひとつは、だいぶ小柄なもので、杖のような長い何かを手にしていた。

——あの二人って……。

いよいよ真冬の視界がしぼんでいく。

真冬は、午前中にやってきた二人連れの客のことを頭の片隅で思い浮かべた。

一人はやたらにガタイが良くて、両の耳にたくさんのピアスをつけていた。

もう一人は腰の曲がったおじいさんで、何故か日本刀を持ってブツブツと呟いていた。

二人とも漆黒のスーツが印象的だった。

あの二人がやってきたのだろうか。でも、どうして……？

「ひっ、やめろ……！　来るな！　オレはまだ——！」

ガタイのいい男が、割れた車の中から爆弾男をつかみ上げるのが辛うじて見えた。

「いいのか⁉　俺が死んだら、お前らも巻き添え——！」

爆弾男が何かを言い掛ける。

次の瞬間には、爆弾男は宙《そら》高くに放り投げられ……凄まじい爆音とともに空中でバラバラになっていた。

血と肉塊の花火を見て、真冬は夏生の見立てが正しかったことを改めて知った。

——あいつ、マジで体の中に爆弾仕込んでたのか。

あとはもう、薄れる意識の中、夏生の声だけが繰り返し聞こえるばかりだった。

二日後。

――はぁ～……マジ最悪。もう死ぬ。こんなの死ぬ。

自室のベッドで横になりながら、真冬は天井をぼんやりと見つめていた。

頭を打った後遺症で、未《いま》だに脳が時々揺れる。ぐるんと視界が揺れるたび、強烈な吐き気に襲われた。

おまけに、思いっきり風邪《かぜ》を引いてしまった。

こちらは夏生が作った瞬間冷却装置から噴射された何かをもろに浴びたせいだろう。

体調もメンタルも、絶不調を極めているというわけである。

げほげほと咳をしながら、真冬はやっぱりあの日のことを後悔していた。

夏生の口車に乗せられなければ。

ゲーム機なんか欲しがらなければ。

せめて、やってられるかと思ったタイミングで帰っていれば。

――けど、そしたら……。

夏生は一人で、あの爆弾男と対峙《たいじ》していたのかもしれない。

考えても仕方のないことを、ひとしきりグルグルと考えて、真冬はゴロリと体勢を変えた。視界がぐるんと揺れないように、慎重に。

そこにノックの音がした。次いで「入るぞ」と、夏生の声。

今日はもうＪＣＣに戻る予定だと聞いていた。

真冬が慌てて頭まで布団を被る。

やがて、静かに扉が開いて、夏生が入ってくる気配がした。

そろそろと布団を目元まで下げて、薄目で様子を窺《うかが》う真冬。

夏生が、申し訳なさそうな顔をするでもなく、いつも通りの飄々とした涼しい顔をしているのが見える。手に、紙袋を提げていた。

真冬は再び布団で顔を隠して寝たふりを決め込んだ。

実を言えば聞きたいことは色々あった。

あの時の二人組はなんだったのか。夏生はあれをどこまで見ていたのか。キッチンカーはどうなったのか。けれど、何をどう聞けばいいのかわからない。

しばらく、じっと自分を見つめる夏生の視線を感じていたが、ふっとそれが途切れて、足音と机に紙袋を置く音がした。

「早く治せよ」

再び夏生の声がして、扉が閉まる。

キシキシと、扉の前から夏生の足音が遠ざかっていくのを待った。
一分ほどしてから、真冬はやはりそうっと体を起こした。
クラクラする頭を手で押さえ、机に置かれた紙袋をひっつかんで、再びベッドへ。
中には、バイト代を手にしたら買いたいと思っていた最新のゲーム機が入っていた。
「……うるせーよ、クソ兄貴」
真冬は紙袋を抱きしめて、ボソリと呟いた。

神々廻の
パフェ実食
SAKAMOTO DAYS
坂本商店

いちごフェアのポスターを目にしたのは偶然だった。

いつものお約束で付き合わされた牛カツ屋から、徒歩でターゲットのアジトへ向かう道中、デカデカと貼り出されていた。

ポスターが貼られているのはチェーン展開しているフルーツパーラーだ。旬の果物《くだもの》を使った贅沢《ぜいたく》パフェが人気らしく、お店の前には女性客が列を成していた。

大ぶりのいちごをこれでもかと載せたパフェがいよいよ解禁——と、ご丁寧に店員が作ったらしい手書きのポップも飾られている。

こんな仕事をしていると日付や曜日の感覚はおろか、季節の移り変わりにも鈍くなる。せめて食べ物でくらい、季節を感じたい。神々廻《シシバ》は、仕事終わりにいちごパフェを食べに来るのも悪くない……いや、ぜひとも食べに来ようと考えた。

「神々廻さん、どうかした？」

隣を歩く大佛《オサラギ》が訝《いぶか》しげな顔をしてこちらを向く。

神々廻の歩行速度が、少しばかり遅くなったのが気にかかったのだろう。

「見てみぃ、大佛。猫がいんで。ミヌエットやて」

神々廻は、何食わぬ顔をして並びに建つペットショップを指さした。

決して、決してフルーツパーラーに興味を持ったことを悟られたくなどない。

「……ふーん」

「ふーんて。動物やら好きなんちゃうん？」

「閉じ込められててカワイソウ」

「急にまともなこと言うやん」

ちょっと驚く神々廻である。

「ま、ショーケースに入れられとるんが悪党やったら、可哀想《かわいそう》もクソもあらへんけどな」

言いながら、神々廻はさらに数軒先の、古びたビルのガラス扉を押し開いた。

「ほな、気張っていくで。売り手も買い手も商品も、全員始末しろてお達しや」

国内外の反社会的勢力を相手に、殺連《サツレン》から除名されて食い詰めた殺し屋たちをオークションで「販売」する組織。それが今日のターゲットだった。

「みんなを出してあげないと」

「出たところで結局粛清やけどな」

今まさにオークションが開かれているだろう地下へ、二人は向かった。

神々廻が大佛と別れたのは、一度殺連本部に戻ってからのこと。

任務後の手続きを済ませ、ここからどうやって撒《ま》こうかと考えていたところ、運よく大佛が事務方から呼び出しを食らったのだ。

不服そうな大佛の背中を見送りつつ、神々廻はこれほどのラッキーはあるだろうかと心を躍らせた。餃子《ぎょうざ》の二の舞は避けられたのである。

殺連本部のビルを出ると、神々廻は意気揚々と先ほどの町へ引き返した。


くだんのフルーツパーラーは、ちょうど行列が途切れたところだった。

店に入ろうと重いガラスのドアノブに手をかけて、神々廻が「待てよ」と周囲に視線を巡らせる。前後左右、大佛の姿と気配がどこにもないことを念入りに確認した。

「いらっしゃいませ。一名様でしょうか？」

店内に足を踏み入れてすぐ、店員が声をかけてきた。

神々廻は今度こそ間違いなく「独りメシ」――正確には「独りスイーツ」――を楽しめるのだと嚙《か》みしめた。

「あー、一人で」

「お一人様ですね！　では、こちらのお席へどうぞ！」

神々廻が案内されたのは窓際のボックス席だ。

見る限り、店の中は老いも若きも女性客が中心で、みなスイーツに夢中である。

黒いスーツを着込んだ、顎《あご》に大きな傷のある男がフルーツパーラーにいる様は、端から見ればミスマッチもいいところだが、その存在を気にする人はいないようだ。

ありがたいこっちゃと、神々廻はメニュー表を広げた。

これでもかといちごが載った、パフェの写真が目に飛び込んでくる。『いちご尽くしのいちごパフェ』と書かれていた。

食べるならこれしかない……そう決めた瞬間だ。

ブーッ！　ブーッ！

スーツの内ポケットに入れておいたスマホが、盛大に振動する。

「誰やねん」

呟《つぶや》きながらスマホを取り出して、神々廻は硬直した。

スマホの画面に大佛の名前が表示されていたからだ。

まさかと思って咄嗟《とっさ》に窓の外へと視線を走らせたが、大佛の姿は見当たらない。

神々廻は小さく息を吐いて、なんでもない顔をして電話に出ることにした。

「どしたん大佛」

『あ……出た。神々廻さん、どうして先に帰っちゃったの？』

「残っててもしょうがなかったやろ」

『神々廻さんの報告書、いっぱい直してあげたのに』

「お前の報告書や。恩着せがましく言うなや」

どうやら文句を言いたくてかけてきたようだ。神々廻はとっとと終話しようと考えた。

「特に用がないんやったら切るで」

『え、なんで？』

「なんでて、アフターファイブくらい家でのんびり――」

そう言い掛けた時である。後方の席から、テンションの高い声が飛び込んできた。

「えっ、めっちゃかわい〜！　これ隣のペットショップのＳＮＳ？」

「そう〜。最近ミヌエット紹介してて。パフェ食べたら行く？」

「ほなまた」

強引に電話を切って、神々廻は息を整えた。場所を悟られてしまったかもしれない。

いや、さすがにそこまではわからないだろうか。ペットショップなんて世の中にたくさんあるわけだし。大佛がこのスイーツパーラーの存在を認識しているとも限らないし。

気づかれなかった。神々廻は、その可能性に賭けてとりあえず注文することにした。
店員がコーヒーを持ってきたのは十分ほど経《た》ってからだった。
淹《い》れたてのコーヒーは、なかなかいい香りがする。
あれから特に大佛からの連絡はなく、神々廻は杞憂《きゆう》だったかと安堵《あんど》した。
そういえば喉《のど》が渇いたなとコーヒーを軽く啜《すす》ると、心地よい苦みが口に広がった。
そのまま二口目を含もうとしたところで。
ブーッ！　ブーッ！
またもスマホが振動して、神々廻はギクリとした。
発信者はやはり、大佛だ。
嫌な予感にかられつつカップを置いて、神々廻は電話に出ることにした。
「せやからなんの用やねん」
しばし返答はなく、ザワザワとした喧騒《けんそう》が聞こえてくる。かと思ったら。
『神々廻さん、私……今、駅にいるの』
その言葉に、神々廻の心臓がドッ……と、跳ね上がった。
電話の向こうから微《かす》かに聞こえた音楽は、店から十分の距離にある駅で使われていた、

入線メロディに違いない。つまり、大佛は今、この町にいるということだ。

やはり感づかれたか。

「あとでかけ直すわ」

神々廻は問答無用で電話を切ると、すぐに店員を呼んだ。

「悪いねんけど、ちょお急いでくれへん？」

「お待たせしており申し訳ございません。あと五分少々でお持ちできると思うのですが」

「ほな、なるべく早めに頼んます」

店員の告げた時間は、ギリギリ許容範囲だろうと思われた。

再びコーヒーを口に含むと、先ほどよりも強い苦みが口に広がった気がした。


神々廻は脳内でシミュレーションを開始した。

要は、大佛に見つかる前にパフェを食べ切り、店を脱すればいい。

電話からおよそ一分。パフェが到着するまではあと四分。大佛の到着まで九分と仮定しよう。ということは、パフェが到着してから五分……余裕をもって四分で完食できれば逃げ切れるという寸法だ。

念のため、今のうちに代金を準備しておこうと神々廻は財布を取り出した。

ブーッ！　ブーッ！

またも、大佛からの電話がかかってくる。

「え、なんでなん」

わざわざもう一度電話をかけてくる意味がわからないが、出てみることにした。

『神々廻さん、私……今、お花屋さんの前にいるの』

ゾッとして、何を言うわけでもなく電話を切る神々廻。

「なんなん、今の」

即座に記憶を巡らせる。駅から歩く道中、確かに小さな花屋があったはずだ。

こちらへ近づいてきているのは間違いないが、大佛の意図がわからないのが恐ろしい。

神々廻は、一刻も早くパフェが運ばれてくることを祈った。

大佛からの三度目の電話を切って、三十秒ほどが経っただろうか。

こうしている間にも、大佛は一歩、また一歩とこの店へ近づいている。そう思うと落ち着かない。せめて窓際の席でなければ……いや、むしろここからなら大佛の出現を見逃さずに済むはずだと頭《かぶり》を振った。

ブーッ！　ブーッ！

「またかいな」

パフェ到着予定まで三分を切ったところで、再びスマホが振動した。

一瞬迷ってから、神々廻は軽く唾を飲み込んでスマホを耳に当てた。

「あー、もしもし」

『神々廻さん、私……今、牛カツ屋さんの前にいるの』

一気に血の気が引いていく。

電話を切ったにも拘《かかわ》らず、大佛の抑揚のない声が耳にこびりついている気がした。

「何がしたいねん、あいつ」

これじゃあまるで、都市伝説系の怪談だ。

ひび割れて捨てられた、大佛の顔をした人形がだんだん近づいてきて、「私……今、神々廻さんの後ろにいるの」と囁《ささや》く——なんて想像が頭を過《よぎ》った。完全なホラーである。

もうなんでもいいから早くパフェを食べて、ここを離れたい。

そう思ったところへ、ようやく店員がパフェを持ってきてくれた。

「大変お待たせいたしました、いちご尽くしのいちごパフェになります！」

目の前に置かれたパフェは実に美味《おい》しそうだが、かなりのボリュームだ。

大佛がやってくるだろう時間まで、残りは四分と少し。急いで食べなければ。

ともかく神々廻はスプーンを手にパフェと対峙《たいじ》した。

美しく積み上げられたいちごを、クリームごとすくい取る。

ブーッ！　ブーッ！

幾たびめかの着信に、思わず手が滑る。スプーンは無慈悲に床へと落下した。

「ほんま、なんやねん」

神々廻は駆けつけた店員に「えろうすんません」と軽く頭を下げつつ、電話を取った。

『神々廻さん、私……今、角のコンビニに――』

「取り込んでんねん。しばらく掛けてこんといて」

だんだん腹が立ってきて、神々廻は大佛の言葉を遮って電話を終わらせた。

取り替えてもらったスプーンを手に、気を取り直して再びパフェに集中する。

今のやり取りで、残り時間は四分を切っていた。

神々廻はパフェをかき込んだ。

カットされずに丸々載ったいちごを口に突っ込み、クリームを投入。美味しいはずだが、味もへったくれもない。とにかく早く完食しなければ、大佛がやってきてしまう。

上部のクリームはまだいいが、中間層にぎっしりと敷き詰められたアイスクリームとシャーベットには手を焼いた。かき氷を一気食いした時と同じように、頭にキンキン響いてしょうがない。しかし、ここさえ越えれば早いはず。

下層はヨーグルト風味のクリームと、いちごをそのまま潰したかのようなジュレの二層。さっぱりとした味は、なるほどゆっくり味わっていたら「後味スッキリでええやん」と思えたかもしれないが、今はひたすら流動状なのがありがたいだけである。

大佛到着予想まで、残りジャスト一分。

神々廻はパフェを食べ……いや、最後は飲み切った。

あとは無事にお店を出るだけだと、立ち上がると。

ブーッ！　ブーッ！

またも電話が鳴る。

だけど慌てる必要はない。だって、あとは店を出次第、とっとと逃げればいいのだから。

その余裕は、電話に出るや否やかき消された。

『神々廻さん、私……今、神々廻さんの後ろにいるの』

「は……？」

聞き返す途中で、電話の向こうから風を切るような音が聞こえてきた。

窓のほうを振り返ると、道路を挟んだ向かいのビルの屋上から、大佛が長い髪をはためかせてこちらへ飛んでくるのが目に入った。

「お前、何しよるねんんん！」

電話口に叫んだのと、けたたましい音を立てながらガラス窓が砕け散ったのはほぼ同時。

耳にスマホを当てたまま、大佛は言った。

『……神々廻さん、見つけた』

「わざわざ電話越しに言わんでもええやろ」

大惨事となった店内に、店員と客たちの慌てる声が響く。

神々廻は、当たり前にボックス席に座る大佛を見てため息も出なかった。大佛の目が「一人でパフェなんて食べるのズルい」と言っている。観念して、神々廻もまたボックス席へと戻る。

「で、大佛は何食べるん?」

「いちごパフェ。神々廻さんも食べたんでしょ?」

テーブルに置かれた、空の器をじっと見つめる大佛の目が怖い。

「なんでいちごて知ってるねん」

「……任務に行く前、神々廻さんがポスター見てた」

「ほな、呼び出しベル押してや」

最初からバレていたのかと、ちょっぴり虚《むな》しさを味わう神々廻。

「追加のご注文でしょうか?」

おっかなびっくりとはいえ、この状況で普通に注文を受けにやって来た店員に、神々廻はある種の敬意の念を抱きつつ、口を開いた。

「あー……いちご尽くしのいちごパフェ、ふたつ。あと、割れた窓の修理費も伝票につけといてくれへん？　宛名《あてな》は大佛で」

「神々廻さん」

「大佛」

「神々廻さん」

「おさら……ええわ、どっちでも」

「かしこまりました」

曖昧に笑って店員が去っていく。

「パフェ、ふたつも食べ切れない」

「当たり前に自分の分やと思うの、いい加減やめよか。ひとつは俺んのや」

「……神々廻さん、坂《さか》も……クマさん目指してるの？」

「太りたいわけとちゃう。ただ、さっきは食うた気がせんかったからな」

神々廻が頬杖《ほおづえ》をついて、割れた窓の外を見つめる。

大佛はブルルッ——と体を震わせた。

「この席寒いね」

「お前が窓をブチ破ったせいや」

今日も今日とて、「独りメシ」——正確には「独りスイーツ」——を大佛によって妨害されることとなった神々廻は思った。

この先も、こうしてずーっと大佛に張り付かれるのだとしたら、それこそホラーだと。

株式会社
サカモト商事
～裏切りの請求書～

SAKAMOTO DAYS

都心の一角に自社ビルを構え、堅実で時にちょっぴり大胆な経営姿勢により業界内にその名を轟《とどろ》かせる会社。

〝株式会社サカモト商事《しょうじ》〟。

これは、そんな中堅企業に勤める新人会社員・シンと、その仲間たちの活躍を描く成長物語である。

三階の営業部フロアは、いつにも増して活気に溢《あふ》れていた。

いくつかの島ごとに並べられたデスクには、サカモト商事を支える営業担当たちが肩を並べ、パソコン作業に没頭したり、クライアントに電話をしたり。ガチャガチャ、ガヤガヤという音が響いている。

そんな中にいて、特に熱気を放っていたのがサカモト商事に入社してそろそろ一年が経《た》とうという社員……シンであった。

「えっ、ほんとすか⁉　ありがとうございます！」

　スマホを耳元に当て大きな声を出しながら、シンはおよそ会社員には似つかわしくない金の髪をバッサバッサと揺らしながら何度も頭を下げていた。

「なんだ、なんだ〜？　ずいぶん嬉《うれ》しそうな顔してるじゃないかよぉ」

「電話、ＯＲＤＥＲ《オーダー》からでしょ？　シンがそんな顔するなんて珍しいネ」

　興味津々といった様子で声をかけてきたのは、隣のデスクを使う平助《へいすけ》と、斜め向かいのルーである。

　提携関係にある株式会社ＯＲＤＥＲの連中は、驚くほどに仕事ができる。その分クセの強いメンバーばかりで、シンはいつも手を焼かされていた。電話だって、普段なら取締役の豹《ヒョウ》に怒鳴られるか神々廻《シシバ》に延々詰められるかの二択。頭が痛くなる話しかない。

　だから今回のシンの喜びように、ルーが意外そうな顔をするのも無理はなかった。

「例の復刻カップラーメンがすげぇ好評だから、シリーズ化を検討したいってよ！」

「おぉ〜！　すげ〜じゃねぇかよぉ！」

　復刻カップラーメンというのは、坂本《さかもと》社長直々の指名によりシンが株式会社ＯＲＤＥＲとともに進めたプロジェクトのことである。

シンが正社員になるきっかけになった案件だ。

「あれのおかげでウチの会社の景気爆上がりって、葵《あおい》さんが喜んでたヨ～」

「マジですげ～よなぁ。入社してすぐ南雲《ナグモ》先輩と組まされて、しかもあのORDER相手に渡り合って……ぅ……ぐすっ」

「なんで泣くんだよ」

「だってよぉ～～～～。あの時のお前の頑張りったらよぉ」

――まぁ、マ・ジ・で！　大変だったけどな……。

南雲とORDERの面々を相手に奮闘した日々を振り返り、シンは苦い顔をした。

ちなみに、南雲は株式会社ORDERの役員の一人だ。なのに「面白そうだから」という理由でサカモト商事に出向している変わり者。どうやら社長の坂本と古くからの付き合いらしいが、詳しいことはよくわからない謎《なぞ》多き人物である。

「これでシンの査定も期待できるネ～！」

「なんでルーが期待すんだよ」

「シンのボーナスで小料理屋・佐藤田《さとうだ》を貸し切って、肝臓ぶっ壊れるまでお酒飲むヨ♪」

「勝手に決めんな！」

夢見るような目で語り出すルーに、シンは呆《あき》れるばかりだった。

とはいえ正直シンも期待はしていた。

人生初となる人事査定を前にシンは内心ドキドキしつつ、引き続きいい結果を出していくぞと気合を入れた。

ボーナスをもらったら何を買うべきかと考えて、ワクワクが止まらない。

経理部に配属されておよそ半年という後輩――赤尾《あかお》晶《あきら》からシンが呼び出しを受けたのは、その矢先のことだった。


「はぁ⁉　横領疑惑⁉」

静まり返った会議室にシンの声が反響する。

大きな会議机を挟んでシンの前に座る晶は、おっかなびっくりという表情をしていた。

ふわふわと柔らかそうな髪を頭の後ろで一本に縛り、リクルートスーツに身を包んだ姿は、まるで入社したての社員のようである。

社内での晶の評判は真面目《まじめ》な頑張り屋さん。ハンドメイドの可愛《かわい》い小物をこよなく愛する、ちょっぴり気の弱い社員だ……と、シンは認識していた。

「いえ、ちが……えっと、違わないんですけど違うんです」

シンの勢いに萎縮したのか、晶は小柄な体をこれでもかと縮めながらタブレット端末を取り出すと、ある発注書を見せてきた。ＯＲＤＥＲとの取引が決まった後、豹の紹介で商談が始まったキンダカシューズのものだ。

子供向けの安心安全設計かつオシャレな運動靴を作る小さな靴メーカーで、サカモト商事は国内外の小売店への販売仲介を行っていた。

その仕入れに関する金額が、どうにも大きすぎるというのだ。

「以前と比べると一足あたりの単価がすごく高くなってまして……」

「はぁ？　んなわけあるかよ」

眉《まゆ》をひそめながらタブレットを睨《にら》んだシンは、すぐに気がついた。

シューズの単価欄に記載された金額が、途中からずれておかしなことになっている。

――ルーに急ぎで頼んだ時のか……。

当時のことを思い出してシンは後悔した。

月末処理に追われて、ルーは文字通りてんてこ舞いの状態だった。そんな中、どうしても急ぎでと処理をねじ込んだのだ。タイプミスがあってもおかしくない。

もちろん、最終確認を行ったのはシンである。

しかし、同じ時期、月末に向けてシンもまた未決書類に追われていた。丁寧なチェックができていたかと言えばそうではない。

これは、明らかなケアレスミス。自分のミスだとシンは頭を下げた。

「すまん。完全にこっちのミスだ」

「じゃあ、データの数字が間違ってるだけってことなんですね……！　よかった」

シンの説明に、晶がホッと表情を緩めるのが見て取れた。

すぐさまシンは社用のスマホに入っていたデータを引っ張り出して、晶に正しい数字を共有。修正のために晶の手を煩わせることにはなってしまったが、疑いはすぐに晴れた。

これで査定に響く心配もないと胸をなでおろし、シンが立ち上がる。

「じゃあ、横領は残りのどっちかってことなのかな」

聞こえるか聞こえないかの小さい声で、晶は呟《つぶや》いた。

「おい、横領疑惑は俺だけじゃないのかよ」

「えっ？　あっ、いえ、その……なんでもありません！」

「なんでもないわけねーだろ。うちの営業部に横領してるヤツがいんのか？」

長いまつげを伏せて、晶が目を泳がせる。動揺ぶりが凄《すさ》まじい。

「それはその……っ、こ、口外するわけにはいかなくて……っ」

「つまり怪しいのがいるんだな？」

シンの指摘に、慌てて両手で口を押さえる晶だがもう遅い。

「誰なんだよ？」

「それは……」

シンの圧に涙目になりながら、晶が口にした名前はあまりに予想外のものだった。

「勢羽《せば》夏生《なつき》か南雲が怪しいって、それマジかよ⁉」

泣きそうな顔でコクンと頷《うなず》く晶を見て、シンは信じられない思いだった。

晶が言うには、二人が抱えている案件の中で、絶妙にサカモト商事の利益が少なく取引先の利益が多いものがあるらしい。

その利益から、もしもキックバックが行われているのなら、それは会社への……ひいては坂本へのとてつもない裏切りになる。

「でも、なんでその二人が怪しいってわかったんだ？」

背信行為があるとしても、勢羽と南雲が簡単に証拠を残すとは思えない。

「それは……」

またしても晶が口ごもる。

「ここまできたら言っちまえよ。なんか確証があんだろ」

「い、言えません」

「隠す必要ねーじゃん。別に言いふらしたりしねぇし」

晶を見つめる……もとい睨むシンの目が鋭い。

「メ……メールをもらったんです！　怪しい取引があるって……とある人、から……」

「内部告発ってことか？　でも誰が」

「そ、それだけは言えません！」

キッパリと宣言した晶の表情はキリリと勇《いさ》ましく、絶対に漏らすわけにはいかないという決意が見て取れた。

――情報提供者を秘匿すんのは、まあ当然か。

そう納得しつつ、どこか引っかかるものがあった。

いったい何が……と考えてみるものの、すぐには思い当たらない。

シンは、ひとまず内部告発者の件は頭の片隅に置いて、晶に言った。

「その件、俺も一緒に調べるからな」

「えっ⁉」

「ここまで聞いといて、あとは知らねーってわけにはいかないだろ。社長のためにもな」

勢羽か南雲のどちらかが本当に裏切っているのであれば、絶対に許せない。

自分を受け入れて、社会人としてここまで育ててくれた坂本とサカモト商事への不利益になるような事案を、シンが見過ごせるわけもないのである。

同じくらい、疑惑がただの疑惑に終わることを証明したい気持ちもあった。

「てかこの件、社長は知ってんのか？　まだなら言うなよ」

「ど、どうしてでしょう？」

「余計な心配掛けらんねぇだろ。報告すんのも相談すんのも、もうちょい証拠をつかんでからだ」

シンの言葉に、晶がなるほどと頷く。

二人は、具体的な調査をどうするかは別途相談することにして会議室を後にした。

その後ろ姿を、掃除道具を抱えた坂本が見守っていようことなど、少しも気づいていなかった。


——つっても、どうやって調査すっかが問題だよな。

営業部のフロアに戻ったシンは、人知れず頭を抱えていた。

探るにしても隙を見つけるのが難しい。

何しろ、営業担当者は外回りに出る機会も多く、日中席を外している者ばかりで、行動が読みづらい。

確実な証拠を押さえるためには、尾行が必要かもしれないとシンは考えた。

と、社内で共有されているスケジュールアプリを見ていたシンが首をひねる。

勢羽のスケジュールに妙な記述を発見したからだ。

――なんで勢羽と取引先との会食にルーの名前があるんだ？

ルーは確かに営業事務を請け負っているが、基本社外に出ることはない。それに、ルーが勢羽と親しくしている様子もないはずだ。二人の接点がどこにあるのかと考えるシンの脳裏に、ふいに最悪の可能性がよぎった。

――まさかルーが横領に関与してる……!?

自分の考えに、椅子が倒れる勢いで立ち上がるシン。フロア内にいた何人かの社員がどうしたのかと視線を投げ掛けてくる。シンは「すんません」と軽く頭を下げながら、椅子を戻して腰掛けた。心臓がドックドックと嫌な音を立てていた。

シンは、斜め向かいの席を見た。今は備品の整理に駆り出されて他部署に足を運んでいるため、そこにルーの姿はない。

シンと同様に、このフロアの営業担当者のおよそ半分がルーに事務処理を頼んでいる。虚偽の金額が記載された書類を経理に通すことだって不可能ではないはずだ。

――いや、でも……っ。

ルーが不正に加担しているかもしれないなんて考えたくはない。

かといって、楽観視もできなかった。
仲間を信じるか、真実を追求するか。
一瞬だけ迷って、シンは坂本のためにルーを調べる決心を固めた。
——もし裏切りが本当だったら、その時は……。
シンは奥歯を噛《か》みしめて晶にメールした。

シン『明日、十八時半。張り込み』

晶からは一分と経たずに了承する旨の返事が届いた。

翌日。
シンと晶は定時を迎えると同時に、よく行く飲み屋街の外れを訪れていた。
目当ては、勢羽がスケジュールに記載していた「AMANE《アマネ》」という店だ。
いったいどういう店なのかとインターネットを検索したが、詳しいことはわからない。
どうやら会員制の店らしいということだけは調べがついていた。
「あれが……例のお店なんですよね？」

こぢんまりとした建物は、パッと見モダンな一軒家のようにしか見えない。分厚そうな木の扉と、オシャレなダウンライトが「お店」感を演出していたが、店名を示すような看板はどこにもなかった。いかにも会員制の店という風情である。

真向かいの雑居ビルの陰から、勢羽とルーの到着を見張っていたシンと晶は、互いに首をひねっていた。

「なんのお店なんでしょう?」

「さぁな。けど、密談にはピッタリの場所かもな」

シンは、勢羽の飄々《ひょうひょう》とした顔を思い浮かべながら囁《ささや》いた。両の目元のほくろに色気があると、特に社外の女性陣からの人気が高いらしい。

勢羽は南雲とはまた違った方向に頭の回転が早く、ちょっぴりズル賢い……というのがシンの彼に対する印象だ。

うまいこと気配を消して社内行事から逃れることはしょっちゅうで、そのプライベートはまったく見えない。ほとんど残業をしている様子はなく、営業成績はいつも上位。平助を含め人の好《よ》い営業担当者をたらし込み、何かと手伝わせているようだ。

その分、プライベートの時間をかなり大事にしていることが窺《うかが》えた。終業後や休日は、もっぱら趣味に時間を費やしているらしいと噂《うわさ》を聞いたことがある。

そんな勢羽なので、店の選定にはこだわりがある気がした。

――にしてもおせぇな。

時間を確認しようとスマホに目を落とした時だった。

「晶、伏せろ！」

シンは咄嗟《とっさ》に晶の肩をつかんで身をかがめた。背後から飛来物の気配を感じたからだった。

晶と二人してしゃがみ込んだと同時に、頭上にヒュンと風を切る音が鳴る。次いで、ジャラジャラ――と、鎖がこすれ合うような音。石でも投げられたかと思ったが、どうやら違う。

シンはすぐさま立ち上がり背後に怒鳴った。

「誰だ⁉　何しやがる！」

雑居ビルの間の細い隙間に、その人影は立っていた。

「何しやがるはこっちのセリフだ」

暗がりで顔はよく見えないが、声色《こわいろ》からしてかなり若い男のようだ。

理由はまったくわからないが怒っているらしい。彼の声からは、むき出しの敵意が感じられた。

さらに。

「コソコソ嗅ぎまわって……何者だ！」

ビュッ――！

と、眼前に向かって飛んできたのは、棒だった。

いや、ただの棒ではない。

――四節棍《よんせつこん》！

若い男は鎖で繋《つな》がれた四つの棒の先端を、見事にコントロールしてシンの顔の中心に叩《たた》き込もうとしている。ただ者じゃない。

――ここで避《よ》けたら、晶に当たっちまう！

シンはきつく握った拳《こぶし》の甲で、四節棍を弾《はじ》いた。

ガツンと固い音がして、鈍い痛みが走る。シンにとっては久々の痛みである。

「シンさん、大丈夫ですか⁉」

「問題ねぇ！　んなことより……」

暗がりの中で、若い男が軽く動揺する気配がした。まさか四節棍を防がれるとは思ってもいなかったのかもしれない。

シンは鋭く言い放った。

「てめぇ……どこの回しもんだ」

じり……じゃり……と、地面を踏む音がして、若い男が顔を出した。目つきこそ鋭く、どこか大人《おとな》びているが、幼さの残る顔立ちはどう見ても……。

「おまっ……まだガキじゃねぇか！」

「ガキじゃない！」

反論するや否や、雑居ビルの壁を蹴って飛び上がる男。その手から、またしても四節棍の先端が放たれる。

けれどもシンに焦った様子はない。ただじっと、攻撃の軌道を見ていた。

「同じ手を食うかよ！」

頭上に振り下ろされんとする棍の一端をガッチリと握り、シンは男の体を引き寄せた。

「……放せ」

シンの間合いの中で、若い男は押すことも退《ひ》くこともできなくなったようだ。

「お前、なんで俺らを狙った？　どこの回しモンだ？」

シンの口調は、いつの間にか不良時代のそれになっていた。とはいえ目の前の若い男に怯《ひる》んだ様子はない。彼もまた、結構な修羅場をくぐっているのかもしれないと思えた。

——慣れてやがる。ってことはやっぱり……。

「取引の邪魔をさせねぇよう、指示されたってとこか……！」

勢羽の怪しい取引相手は中国企業《ちゅうごく》だ。

これはシンの勝手な想像だが、汚れ仕事を負わせるのにマフィアなどとの繋がりがあってもおかしくない。シンは、目の前の男が中国企業の放った刺客ではないかと考えたのだ。

認めたくはないが、勢羽とルーへの疑念が一気に深まった瞬間でもある。

ところが。

「何度断っても、しつこくじいちゃんに付きまとって。商売の邪魔してるのはそっちじゃないか！」

くわっと目を見開く彼の剣幕を前に、シンは面食らってしまった。

「いや待て。付きまとうってなんの話だ？」

「さっきも店を監視してただろ。デパートへの出店だかなんだか知らないが、こっちはいい加減迷惑してる」

まったく話が見えてこない。

「とにかく帰れ！　次は見つけ次第通報するからな」

「おい待て。俺たちは――」

「うるさい！」

聞く耳など持たず、シンを突き飛ばす勢いで店に向かおうとする彼。

その前に、晶が立ちはだかった。

「あの……違うんです！　私たちはただ、あのお店で開かれる取引の現場を押さえたいだけなんです！」

「とかなんとかいって、店に無理矢理潜りこもうって――」

「会社の今後に関わる、大事なことなんです！」

晶の必死さに、若い男は圧倒されたようだった。その足が自然と止まる。

そこへ。

「あれ〜、シンと経理の……二人してそこで何してるネ？」

――さ、最悪だ！

さすがに騒ぎすぎたのかもしれない。

ちょうどやってきた勢羽とルーに、シンたちはまんまと見つかってしまった。

いったいどうやって誤魔化せばいいのかと、シンと晶が焦って顔を見合わせた。

すると。

「あっ、わかったヨ！　シンたちも、『ＡＭＡＮＥ』のパフェのファンってことネ！」

「は？　パフェ？」

この状況で聞くとは思わなかった単語に、脳が追いつかない。何より、ルーのあまりに普段と変わらない態度にシンは拍子抜けしていた。これからヤバい取引の現場に向かうようには、到底見えなかった。

「なら一緒に入るヨ！　問題ないネ？」

ルーに問い掛けられて、

「はぁ……まあ、あんたがいいならいいけど」

と、ため息をつく勢羽にも同じことが言えた。

——いったい、なんだってんだ？

シンと晶はまたしても、お互いに顔を見合わせることとなった。

「うちのアホタレが迷惑をかけたようで……すまなかったねぇ」

そう言って、パフェバーのオーナーはシンに襲いかかった若い男の頭をペシンと叩いた。

「いって。何すんだよ、じいちゃん」

男の名前は周《あまね》というらしい。

オーナー・廟堂《びょうどう》の孫で、時々お店の手伝いをしているのだとか。

いわずもがな、店の名前は孫の名前からつけられたようだ。

廟堂は白い顎《あご》ひげをさすりながら、苦笑いをした。

「お詫びに、今夜のパフェはわしからご馳走《ちそう》するよ。ルーちゃんと勢羽くんの分も、もちろん一緒にね」

「やったネー！」

「ありがとうございます」

ルーは大喜びして、勢羽はペコリと頭を下げた。

「じいちゃん、そんなことしたら売り上げが――」

「心配なら、お前のバイト代から引いとこうかの」

うぐぐと口を閉じて、周は廟堂と一緒にカウンターの中へと入っていった。

店は四人掛けの席がひとつと、カウンターが二席だけの小さな造りである。

今夜は勢羽とルーの貸切とのことだった。

その理由は、もちろん取引先との会食のためではあるのだが……。

『おい、そこの金髪。画面に入るな。お嬢が汚れる』

テーブルにセットされたスマートフォンから罵られて、シンは渋々ながら椅子を引いた。

画面に映っているのは、長い髪を三つ編みにした男だ。この男こそ、くだんの中国企業の社長・ウータンであった。

『あぁ……お嬢がパフェを食べる姿を間近で眺められるなんて……』

「相変わらず気色悪い言い方ネ」

『蔑むようなお嬢の目！』

ウータンは画面に向かって盛大に鼻血を吹き出した。


シンたちが聞いた真相はこうだ。

勢羽が担当する中国商家・陸《ルー》家は昨今、エネルギー事業に力を入れていた。成功すれば莫大《ばくだい》な利益を上げられるということで、勢羽が事業投資を提案。陸家の現在の代表・ウータンは最初こそ渋ったが、サカモト商事にルーがいることに気づきコロリと態度を変える。なんで手の平を返したかといえば、実はルーこそ陸家の正当な跡取りであり、ウータンにとって命より大事なお嬢様だから……ということだった。

「――ってことは、お前社長令嬢なのか⁉」

まさかの新事実におののくシンに、ルーは「両親はとっくに死んでるし、会社はウータンが継いだんだから関係ないネ」と笑って答えた。

「なのにこいつが……」

一転ぶすーっとして、勢羽を睨みながらふたつ目のパフェに手を伸ばすルー。

「仕方ないじゃん。契約にあたってウータンからのオーダーなんだから」

「勝手に人をエサにするなんて卑怯《ひきょう》ヨ！」

どうやら契約を結ぶにあたり、定期的にウータンとのビデオ通話を約束させられたのだとか。

ちなみに、今回のお店を指定してきたのもウータンらしい。最近ＳＮＳで話題になっていた会員制のパフェバーの味を、ルーに堪能《たんのう》させたいと言ったのだと勢羽がぼやいた。

廟堂の厚意に甘え、シンと晶も実際に日替わりパフェを作ってもらったが、それはもう舌がとろけるように旨《うま》かった。

なるほど大手有名デパートがしつこく出店を促すのも頷ける。

「にしても、まさか横領を疑われてたなんて傷ついたなぁ。あーいたた。心がズタズタだわー」

わざとらしい勢羽の言葉に、晶が肩を落とす。

「うぅ……すみません」

「俺らだって疑いたくて疑ったんじゃねぇっつーの」

シンが慌ててフォローを入れたが、むしろ勢羽の口調を強めただけだった。

「は？　事業投資の案件は利益が出るまで時間がかかるって、商社勤めなら知ってて当然じゃないの？」

ごもっともな反論に、シンも晶もぐうの音も出ない。

しかし、これで可能性のひとつは潰せた。

次の南雲はどうやって調べたものかとシンは頭を悩ませた。


数日後。

シンは平助を伴い株式会社ＯＲＤＥＲのビル……ではなく、すぐ近くにある喫茶店・鹿《カ》島珈琲《シマコーヒー》へやってきていた。

「な～、マジで南雲先輩が横領なんてしてんのかよぉ？」

「それを突き止めんのが俺らの役目なんだって」

社内の共有スケジュールによれば、この後、南雲は×コンサル《スラー》ティングの有月《うづき》社長とランチミーティングをするらしい。

晶の話では、コンサルティングの内容に曖昧な点があり、請求された人件費にも不審な点があるとのことだった。

ちなみに就業時間内は晶を引っ張り出すことはできず、替わりにシンは平助に事情を話して調査に付き合ってもらうことにしたのだ。

「ほんとにうまくいくのかよぉ？」

「いかせんだよ」

そう言ってシンが見せたのは、薄い五センチ角ほどの黒い物体である。

「なんだこれ？」

「盗聴用のボイスレコーダー。勢羽から借りた」

「うおお～、すげぇぇ！」

「あいつ、何かの時のためにいつも身につけてるんだってよ」

――敵にしたくねーヤツ。

大興奮の平助の隣で、シンは複雑そうな顔をした。

「でもよぉ、どこに座るかわかんねーのにどうやって仕掛けんだよ」

「席ならわかる」

「なんでわかるんだ？」

「前に一度、ＯＲＤＥＲの人らに聞いたんだよ。ＯＲＤＥＲのメンバーは必ず奥の席に通されるらしい」

取締役の篁《タカムラ》が店で抜刀を繰り返すこと、三度目。店主の鹿島が、これ以上店を傷つけられてはたまらないと奥の席だけ壁やら家具やらを補強したのだとか。

「あいつも一応、ＯＲＤＥＲの役員の一人だからな。間違いなくそこに通されんだろ」

南雲が現れるまでおよそ一時間。

シンと平助は何食わぬ顔をして店に入り、コーヒーと人気のトナカイサンドを注文。トナカイの被《かぶ》り物をした奇妙な店主が準備に集中している隙を狙い、ボイスレコーダーを奥の席のテーブル裏へと設置した。

途中何度か店主の視線を感じてヒヤヒヤしたが、声をかけられることはなかった。

それから無事に店を出て……十分後。南雲は、タートルネックのよく似合う、いかにも爽やかそうな男とともに鹿島珈琲に現れたのだった。


「今入ってったのが×《スラー》コンサルティングの社長なんだよな？」

「そのはずだ。名前はたしか有月憬《けい》だったたな」

事前に会社のホームページを確認しておいたので間違いない。遠目に見た印象は写真のままではあるが、どこか得体の知れなさを感じた。

二人が店内に入って少しすると、すぐにボイスレコーダーの受信機を通して声が聞こえてきた。

『どう～？　問題なさそう～？』

南雲の声だ。声の大きさからして、予想通り奥の席に座ったのは間違いない。

『そうだね。今のところは』

有月の声は見た目と同じく穏やかで、どことなく淡々としていた。

『問題が起こる可能性があるとすれば、君のほうじゃないのかい？』

『あはは、大丈夫だよ～。こっちはうまくやってるからね♪　まさか心配してる？』

『初月から五人分は行きすぎていたかもしれないと思ってね』

『決裁さえ下りちゃえばこっちのもんでしょ』

のっけからなんとも怪しげな会話が飛び出して、シンは受信機を握りしめた。

「な、なぁ、今のってよぉ、人件費の空《から》請求の話だったりしねぇよな～～？」

平助の嘆きが、疑惑を加速させた。南雲は有月と組んで裏金を作っているのだろうか。

――クソッ！　マジで社長を裏切ってんのかよ！

神出鬼没で人をおちょくってばかりで、正直会社の先輩としては最悪の部類に入ると思っていた南雲だが、人間としても最低だとは思っていなかった。

たまらなく腹が立つ。シンは今すぐにでも乗り込んで、「ダセぇことしてんじゃねぇ！」とぶん殴ってやりたい気持ちになった。

――けど、んなことしたってなんも解決しねぇ。

決定的な証拠を押さえて、坂本に告発しなければ。

全ては社長である坂本と、サカモト商事を守るために。

シンは熱い使命感を胸に、彼らの会話を聞き漏らすまいと耳を澄ませた。

すると、カチャカチャと食器が運ばれる音がして店主の声が聞こえてきた。

『お待たせいたしました。こちらブラックアイボリーとトナカイサンドでございます』

『ありがとう。今日もいい香りだね』

『恐悦至極に存じます』

店主と有月の短い会話が終わる。

直後――ジジジとノイズが走った。

――なんだ、今の？

怪訝《けげん》そうな平助とお互い顔を見合わせる。すぐにまた、南雲の声が聞こえてきた。

『で、もう二人分、枠を増やそうって話……考えてくれた？』

いつもよりトーンの低い声に、腹の底がザワザワする。何を考えているのかわからない、張り付いたような南雲の笑顔が脳裏によぎって首の後ろが冷たくなった。

「お、おいっ、シン！　今のって……！」

「シッ！　聞こえねぇ！」

慌てて受信機の音量を上げる。

『……そうだね。けれどすぐにとはいかないかもしれないよ』

有月の声は冷静そのものだ。

『こういうのは早ければ早いほうがいいと思うけどな～』

『こちらもそれなりに準備が必要だからね。二人……目星はつけているけれど、もう少し時間は欲しいかな』

受信機を持つシンの手が怒りに震えていた。

今の会話は、空請求の枠を増やす相談にしか聞こえなかった。

――コイツ、どこまで社長を裏切れば気が済むんだ。

腸《はらわた》が煮えくり返るようだった。

シンのただならぬ様子に、平助が心配そうに声をかけてきた。

「シン……大丈夫か？」

「……じゃねぇ」

「え？」

「大丈夫なわけねぇよ……！」

シンは、今すぐ壁に拳をぶつけてしまいたい衝動を必死に抑えていた。

「まさかあの人が裏切るなんてよぉ」

「うちの会社への恩義もクソもねぇってことなんだろ」

出向の南雲にとっては、サカモト商事の存在はちっぽけなものなのかもしれない。

そう思うと悔しさがこみ上げる。

こうなったら、サカモト商事からも株式会社ＯＲＤＥＲからも追い出してやる。シンはそこまで考えていた。それでも坂本を裏切った代償はぬぐい切れるものではないと思った。

そのためにも、もう一歩踏み込んだ証拠の言葉が欲しいところである。

「さっきの会話じゃ言い逃れされちまうかもしれねぇしな。できれば裏金の金額をハッキリ言うとか、空請求って単語を出してくれりゃこっちのもん――」

言い掛けたシンの言葉は、受信機の声に遮られた。

『だけど本当に驚いたよ。君から架空請求を利用した裏金作りの提案をもらうなんてね。坂本くんを裏切るような真似《まね》をしてよかったのかい？』

『面白そうだから一緒に働いてるだけで、仲間ってわけでもないしね～』

決定的な言葉をキャッチして、シンはすぐにイヤホンを外した。

「平助、会社戻んぞ。録音を持って社長室に直行だ！」

「お、おう！」

二人は、一刻も早く帰社すべく振り返り――その場に固まった。

そこに南雲が立っていたからだ。

「な～んちゃって」

「おおお、おまっ……いつからここに⁉」

慌てるシンに、南雲がニンマリと不敵な笑みを浮かべる。

「ん～と、〝だけど本当に驚いたよ〟……からかな」

「てめぇ、まさか……」

「有月社長の声にソックリだったでしょ～」

「騙《だま》しやがったな！」

オフィス街にシンの怒声が響き渡った。


結局、南雲への疑惑も単なる誤解だということが判明した。

シンと平助が改めて紹介してもらった×コンサルティング《スラー》は、新進気鋭のアーティストをマネジメントする会社で、サカモト商事とはアーティストとのコラボ商品開発という形で契約を結んでいたのだそうだ。

未発表のプロジェクトのため社内でも極秘扱い。所属アーティストの楽《ガク》・熊埜御《クマノミ》・ハルマ・牛頭《ゴズ》・天弓《テンキユウ》の名前も秘匿され、そのせいで、稟議書《りんぎしょ》と請求書の名目が曖昧……という状況を生み出していたようだ。

二人分の枠を増やすという話も当然アーティストのことだった。有月いわく、現在スカウト中の若い人材がいるのだとか。

おまけに、この件には社長の坂本もきっちり嚙んでいるというではないか。

南雲の裏切りが誤解だとわかって、シンは心底ホッとした。南雲への信頼とか尊敬とか、そんなものが守られたからではない。社長が裏切られたわけではないことに安堵《あんど》したのだ。

だけど、そうなると疑問が残る。

不正は本当に存在するのだろうか。

シンの疑問を深めたのは、鹿島珈琲を出る直前に南雲が呟いた言葉だった。

「僕だったら、そもそも情報提供してきたやつを疑うかもね」

確信を突かれた気がして、胃の奥が重くなる。

シンはその夜、晶をバー・京《カナグリ》へと連れ出すことにした。

「えっ……情報提供者が怪しい⁉」

リクルートスーツのジャケットを脱ぐ間もなく告げられたシンの言葉に、晶は声のボリュームコントロールを誤った。

ネクタイを緩めていたシンが、慌てて「シーッ」と口元に人差し指を立てる。

二人は奥のボックス席に座っていた。

この日のバー・京には、シンたち以外にも客の姿があった。

カウンターに、ヨレヨレのチューリップハットを被ったおじさんがいたのである。

マスターの京はカクテル作りの腕はいいのだが、映画のうんちくが始まるとだいぶ面倒くさいせいか、いつも店はガラガラだったのに。

ともかく、シンは京がビールとノンアルコールのカクテルを持ってくるのを待って、話を再開した。

「南雲に言われて考えたんだ。その情報提供者は、なんだってお前にメールを送ったのかって」

「普通に会社が心配だったからなんじゃ……」

「俺もお前も、会社ん中じゃ新人の部類だろ。なのに、なんで相談先がお前なんだよ」

これこそ、シンが最初に晶から内部告発者の存在を聞いた時に覚えた違和感だった。

サカモト商事の中では、シンも晶もいわゆる若手。

そんな相手に、横領疑惑についての告発なんて重大なメールを送るだろうか。

「考えてみりゃ、その時点で怪しいんだよ」

「そんなこと……！　宇田《うだ》さんは怪しくなんて――あっ」

ハッとして口をふさぐ晶だが、遅すぎた。シンは「マジか」と呟いて、頭を抱えた。

「ちち、違うんです！　今のはその……っ」

「営業部で一番マトモな人だと思ってたのに……」

シンは、アーチ状の眉と顎のほくろが特徴的な男の顔を思い浮かべた。どことなく仏じみた顔つきと、どんな面倒な案件も嫌な顔をせず捌《さば》くその人に、シンも何度か助けられたことがあった。それだけに、晶の口から彼の名前が出たのは衝撃だった。

「う、宇田さんは悪い人なんかじゃ……」

「でも、じゃあなんで宇田さんがお前に……？」

晶が観念したようにポツポツと話し出す。

「たまたま、使ってる沿線が一緒で……朝はいつも顔を合わせてて……」

「それだけで、あの人が新人に悩み相談なんかするか？　やっぱ怪しいだろ」

相談されることはあっても、宇田が誰かに相談をしている姿なんて見たことがない。

「う……その……しゅ、手芸が趣味で色々作ってるって話をしたら、実は自分もって……

それで、お互いの作品の写真をメッセージアプリで送り合ったりとか……」

そう言って見せてくれた宇田が送ってきたという写真には、布製のコースターやらティッシュケースやらポーチやらが写っているのだが……。

「いやいやいや……これ、どう見てもお前に話を合わせるためにやってるだけだろ！」

お世辞にもうまいとは言えない作品たちを前に、シンが顔をしかめる。

すると晶は、写真をスクロールしながら付け加えた。

「この頃は、まだ始めたばかりだって言ってたから……でも、どんどんクオリティが上がっていってるんですよ！」

確かに晶の言う通りではある。

だけど、宇田の顔からはまったく想像できないファンシーな作品の数々には、「好き」以外の意図を感じざるを得なかった。

「逆に怪しいだろ。お前を手懐けるために上達したとしか思えねぇ」

「で、でも、宇田さん、布に針を通してる時が何よりの癒やしだって……！」

「嘘《うそ》くさすぎるにもほどがあるだろ！」

偏見かもしれないが、縫物をして微笑《ほほえ》む宇田はさすがに想像できない。

それに、仏のように穏やかな顔はしているが、特定の個人と親密な関係を築くタイプにも見えなかった。

「百歩譲って手芸の話が本当だとしても、やっぱ変だって」

「でも宇田さん、君なら絶対にもみ消さないだろうから、だから意を決して送ったんだって……」

「完全にターゲットにされてんじゃねーかよ」

「そ、そんなぁ……！」

ガックリ肩を落とす晶に、シンはため息をついた。

「たぶん、元々お前を利用するつもりで近づいたんだろうな」

「利用!?　なんのために……」

「自分がやってる不正から目を逸《そ》らさせるため……とかじゃねぇのか」

シンの中では、宇田こそが不正を働いているという推測が確信に変わりつつあった。

それでも晶は信じたくないようだった。

「何か、わけがあるんじゃ……」

「だったらそれも含めて調べるべきだろ。送られてきたって告発メールと、ここまでの調査結果を持って社長に報告するぞ」

「…………」

何かを言い掛けて、しかし晶はすぐに口を閉ざしてしまう。

情報提供者の言葉を信じてここまで動いてきたのに、まさかその本人が自分を騙して利用していたのかもしれないなんて考えたくないのは普通のことだ。

──これ以上は、こいつを追及するみてぇになっちまうか。

ここから先はもう、一人で事を進めるかとシンは考えた。

その矢先。

「最後の一手を自分で捨てちまう気か？」

突然、カウンターに座っていたチューリップハットのおじさんが呟いた。

──なんだこのおっさん。

シンがカウンターを見ると、おじさんはウイスキーのグラスを揺らしながら、しゃべり続けた。

「仕事ってのは、挑戦と失敗の繰り返し。最後まで諦めずに立ち向かい続けたやつだけが、成果を得られるもんだ」

「あんた、いきなりなんなんだよ」

「そっちのお嬢さんに言いたいだけだ。真実を知るのを怖がってるうちは、経理担当者としてはまだまだ……ってな」

「は？　あんた、なんでコイツが経理だって――」

「マスター、ごちそうさん」

おじさんはシンの疑問に答えることなく、一万円札を置いて店を出て行った。

――いったい、なんだったんだ。

怪しむシンをよそに、晶はようやく目が覚めたという顔をしていた。

「シンさん……私、決めました。真実を追い求めます！」

晶の目に、もう迷いはなかった。


シンと晶は坂本の指示で、ある中古車販売会社を訪れることとなった。

クラブ&キャロライナ――海外への中古車輸出に絡み、サカモト商事と現地法人の間に入っている会社である。

バー・京での話のあと、すぐに晶が調べたところ、クラブ&キャロライナへの仲介手数料がやけに高いことが判明した。そのデータを持って社長室を訪れた二人に、坂本が言ったのである。

「内部監査の担当者に命じる。証拠を見つけろ」

坂本には戸惑いも迷いも見えなかった。

「それと……もう一人、援護を呼んでる」

　──援護……？

「別に護るために呼ばれたわけじゃあねぇよ」

「あ──あんた、昨日《きのう》の……！」

　悠々と社長室に入ってきたチューリップハットの男は、バー・京でウイスキーを飲んでいた、謎のおじさんだった。


「四《ヨ》ツ村《ムラ》監査法人の名において、これより内部監査を始める」

　クラブ&キャロライナは、とある港町の外れにあった。数十台と車が並ぶ敷地の奥に、二階建ての建物が建っている。一階は整備工場。二階は事務所。広さは小学校の体育館くらいありそうだ。

　その扉を開き、前述の口上を述べたのが四ツ村監査法人代表──四ツ村暁《サトル》その人である。サカモト商事の外部監査を務める人物だ。バー・京で顔を合わせた時とは打って変わって、びしっとした黒スーツをまとう姿はどこか凛々《りり》しかった。

　そんな四ツ村の後ろには、当然シンと晶もいた。

　内部監査という予期せぬ来訪者の登場に、事務所で顔を揃《そろ》えていた三人の男たちは少なからず驚いたようだった。

「あれ、シンくんと経理の赤尾さんも一緒じゃないですか。これ、どういうことです？」

真っ先に立ち上がり、こちらに近づいてきたのは宇田である。

彼が今日、ここ——クラブ&キャロライナへやってきているのは織り込み済み。

むしろ、宇田がいるのをわかっての、不意打ちの監査実施である。

宇田は、社内でもいつも飲んでいるおしるこソーダの缶を片手に、じいっ……と、こちらを窺うように目を細めていた。

普段と同じ淡々とした表情に、どこかうすら寒さを感じる。

晶も、その異様さには気づいていたらしい。

「しゃ、社長の命令です！　ご協力をお願いします！」

「あなたを信じて告発メールを送ったんですけどね。まさかこんな裏切りに遭うとは」

はて……と、宇田が首をひねる。まったく理解しがたいという顔をしている。

その様子に、四ツ村がふーと息を吐いた。

「無駄な問答だ。おい、朝倉《あさくら》だったか……とっとと書類を探しな」

「わかってる」

シンは宇田を無視して、部屋の奥にズラリと並ぶキャビネットへ向かった。

すると。

「勝手に開けようとするなんて失礼だよ」

キャビネットの引き戸にかけたシンの手を、縞《しま》模様のジャケットを着た男が遮る。

上半身を縄で縛り、眉毛に「sweet tooth」と文字が入ったその男の名はクラブ・ジャム。

クラブ&キャロライナの共同経営者の一人だと、事前に資料で確認済みだ。

「邪魔すんな」

「その目、いいね。今にも射殺《いころ》されそう。僕のこと殴りたい？　いいよ。ほら、殴ってよ」

クラブ・ジャムの息が上がっていく。顔には恍惚《こうこつ》とした表情を浮かべていた。

「さぁ、ほら。殴って、殴って、殴って、殴って」

なんだこいつと思うと同時に、シンの脳裏――頭の奥底で警報が鳴った。

この声を聞きすぎてはいけない。

続くクラブ・ジャムの「殴って」の声をかき消すように、シンが手を振り払う。

バチン――！

ぱんっ――！

シンの耳に、音はふたつ届いていた。

ひとつは、期せずしてクラブ・ジャムの頬《ほお》に入ったシンの裏拳の音。

もうひとつは、殴られたクラブ・ジャムが両手を叩いた音のようだった。

「ラポールの構築を邪魔しないでよ……でも、ありがとうございます♡」

赤く痕がついた頬を押さえて、嬉しそうな顔をするクラブ・ジャム。

——なんなんだコイツ。

得体の知れなさに、シンが思わず一歩下がる。

そんな中、じっとソファに座っていたもう一人の得体の知れない男——目元をグルグル巻きの包帯で隠したキャロライナ・リーパーが立ち上がった。

「許せねぇぇ……！　俺以外のヤツの打撃で喜ぶところを見ちまうなんて……」

包帯の下から涙を流している。

その光景にシンは驚き、それから彼の発する殺気に思わず身構えた。

そんなシンの耳に、宇田の冷たい声が届いた。

「まったく……強引に押し入って挙句暴力まで……どう責任を取るつもりで？」

次いで、キャロライナ・リーパーの静かな怒声が。

「やり返さないと、気がおさまらねぇ……！」

最後は、クラブ・ジャムのいやに弾んだ声が。

「待ってよ、お兄ちゃん！　殴るなら僕を殴ってよ！」

——なんなんだ、コイツらは！

三人の醸し出す異様な雰囲気に、思わず呑《の》まれそうになる。

そんなシンの背中を支えたのは……四ツ村の言葉だった。

「やれやれ。今のはちょっとした事故みてぇなもんじゃねぇか。それを……そのつもりならこっちも本気でいくぜ」

力強い声に、背中がゾクリとした。四ツ村もまた、ただ者ではない気配をまとっていた。

四ツ村から続けて指示が飛んできた。

「朝倉に、赤尾。お前さんたちは引き続き証拠を探しな。こいつらは俺が引き受ける」

どこからともなく取り出した三節棍を手に、四ツ村が前へ出る。

その様子に、宇田はすぐさま警戒の色を強めた。

「できれば穏便に済ませたいんですけどねぇ」

「僕は殴られるのは大歓迎だよ♡」

相変わらず喜悦に顔をほころばせるクラブ・ジャムの隣では、キャロライナ・リーパーが重々しい殺気を放っていた。

「実力行使で阻止するしかねぇ。辛めにな」

「そうかい。なら始めるとしよう」

バララ……と、三節棍を部屋いっぱいに広げて振り回す四ツ村。その先端に仕込まれた刃《やいば》が、宇田たち三人の胴を掠《かす》る。後方に飛び退《すさ》った三者は、すぐに凄《すさ》まじい瓦礫《がれき》の幕に視界を封じられることとなった。四ツ村が天井をこそぎ取るように削ったせいだった。

シンは叫んだ。

「晶！　今のうちにキャビネット！」

「は、はいっ！」

今なら邪魔されずに証拠探しができるはず。

四ツ村の背中に守られながら、二人はキャビネットを開けて片っ端から契約書類を探し始めた。その間も、三節棍を振り回す音は止《や》まない。

「ない……ない……シンさん、どこにもありません！」

二人の目当ては、クラブ&キャロライナと現地法人の業務委託契約書である。

四ツ村の事前の調べで、現地法人とやらが実はペーパーカンパニーだということは見当がついている。しかもクラブ・ジャムとキャロライナ・リーパーは、名前を変えて現地法人の代表役員としてサインを偽造していると思われた。

つまり、まったく実体を持たない契約書で、それこそ横領の証拠だった。

「どっかにはあるはずだ！」

デスクの引き出しか、応接ソファの奥の戸棚か、あるいはもっと別の場所なのか。

――どこだ……？　どこにある……⁉

シンは強く念じた。まるでそうすることで答えがわかるかのように。

次の瞬間――シンの頭の中に、映像が流れ込んできた。

応接ソファの奥の戸棚……の隣に、絵が飾られている。キャンバスのサイズのことなどシンが知るわけもないが、サカモト商事の会議室に設置されている四十インチのモニターと同じくらいの大きさだと思われた。そこに、洋館のような家の絵が描かれていた。庭では子供たちが遊んでいる。ほのぼのとしつつも、どこか鬱屈した印象を与える絵だった。

その裏に、隠すように封筒を貼り付ける宇田の姿が脳裏によぎった。

――そこが隠し場所か！

何故《なぜ》、シンの頭にその映像が流れ込んできたのかは本人にもわからない。

ただ、時々……シンの身にピンチが訪れた時、こうして天啓のように閃《ひらめ》きが生まれることがあった。それは恐ろしいほどに当たった。

「晶！　絵だ！　あの絵の裏に隠してる！」

シンが駆けだすとともに、晶の声が飛び込んでくる。

「シンさん、止まってください！」

晶が発したとは思えないほどバカでかい声に、シンは思わず急停止していた。同時に、ビュンと音がして眼前を横切る影。すぐにガツンと硬い音。音がしたほうに視線を向けると、マイナスドライバーが壁に突き刺さっているのが目に入った。

——晶の声で止まってなかったら……！

頭に刺さっていたかもしれない。

飛んできた方向を見ると、宇田が「チッ」と舌打ちするのが見えた。

——んのヤロウ！

殴りかかりに行きたい衝動を、シンは必死にこらえた。

「シンさん、無事ですか！」

「ああ。お前のおかげでな。てか、なんでわかったんだ？」

「すごい殺気がして……その、飛んでくる道が見えて……」

要領を得ない説明だが、なんだかすごい特技を持っているらしいことはわかった。

「とにかく助かった！」

再び駆けだすシン。今度は邪魔される前に絵に手が届く。壁から引っぺがし裏返すと、さっき見た映像そのままに封筒が貼り付けてあるのが目に飛び込んできた。中には、偽造された契約書が入っていた。

「見つけた！　四ツ村のおっさん——」

振り返った途端、シンはギクリとした。

「困りましたね。それ、返してもらうよ」

「てめぇ……いつの間に」

四ツ村の三節棍のバリケードをくぐり抜け、宇田が目の前に立っていた。

しかも、晶を盾にして。

「彼女と交換です。こちらへ渡してください」

宇田は信じられないほど冷静に吐き捨てた。

手にはナイフが握られている。今にも晶を刺しかねない。

——ここまできて……。

シンの額《ひたい》から首元に嫌な汗が流れていく。

ところが。

「ひどいです。信じてたのに……」

「あっそう。それは申し訳ない」

「どうしてこんなことするんですか。社長に申し訳ないって思わないんですか！」

「ええ、まったく。正直どうでもいいんで。社長もサカモト商事も、もちろんあなたも」

宇田のトドメのひと言に、晶の目の色が変わるのをシンは見た。

「これ以上……会社に損害は出させない……！」

ふわり――と、晶が足を蹴り上げるようにして、宙に翻る。ひどくゆったりとした動きに見えた。なのに、宇田はそれを制することができなかった。

直後、宇田の背中に晶の強烈な蹴りが入るのを、シンは目撃した。

「がっ……！」

そのまま前のめりに倒れ込んだ宇田の顔に――。

「社長に伝えとくよ。宇田は退職希望ですってな！」

シンの右ストレートが炸裂《さくれつ》。避けることも叶《かな》わず、宇田はその場にくずおれた。

見届けて、シンはすぐさま四ツ村に声を飛ばした。

「おっさん、こっちは終わりだ！　すぐ加勢する！」

「それには及ばんさ。若者に引けを取るほど、老いちゃいねぇよ」

仕切り直しだと言わんばかりに、三節棍を自身の身に手繰り寄せる四ツ村。その背中が、なんの心配もいらないことを物語っていた。

その後、クラブ・ジャムとキャロライナ・リーパーの二人が四ツ村の三節棍から逃れられることはなかった。

散々暴れた三人の捕縛がすっかり終わった……あとのこと。

シンたちは、今回の件がずいぶん前から調査の対象になっていたという事実を、四ツ村から聞かされた。宇田の怪しい動きには坂本も目を光らせていたらしい。

しかし、宇田はなかなか尻尾《しっぽ》を出さなかった。そこへ今回の告発事件が起きたため、外部監査の四ツ村を投入し一気に片を付けることにしたのだとか。

――そうか。社長はずっと知ってて……やっぱ敵《かな》わねぇな。あの人には。

もっと早く相談すべきだったかと、ちょっぴり恥ずかしく思うシンである。

「あの……ありがとうございました。おかげで解決できたっす」

シンが頭を下げると四ツ村は、

「俺は別にサカモト商事の味方じゃねぇよ。ただ不正を見逃すわけにはいかねぇ……お前さんたちがやらかした時も同じだ」

と言って、さっさとその場を後にしたのだった。

その後、普段の営業成績とは別に、シンは今回の働きが大きく認められた。もちろん査定は上々。ボーナスは期待以上の額を支給されることが決定した。

さらに、社長直々に特別ボーナスをもらうことにもなった。坂本厳選のご当地カップラーメンセットである。

あとで聞いた話では、著しく業績を上げた者、社に大きく貢献した者だけがもらえる、本当に貴重な代物《しろもの》なのだそうだ。

何より、シンは坂本の「よくやった」という言葉が嬉しかった。

肩に置かれた坂本の分厚い手が熱くて……ますます、社長のためにこれからも頑張ろうと思えたのだった。

しかし、ひとつだけ気がかりなことがあった。

宇田。

クラブ・ジャム。

キャロライナ・リーパー。

せっかく警察に引き渡したこの三人が逃走を図ったようだと人づてに聞いたからだ。

「会社として、法的処置を取る」

社長の坂本はそう言っていたが……。

――宇田のヤロウ、今度会ったらただじゃおかねぇ。

シンはそう思ったのだった。


その頃、サカモト商事の手が届かない場所へと逃走を図った宇田の元に、一本の電話が入っていた。

「あ、もしもしボス？　あれでよかったすか」

いつもと変わらぬ様子で話す宇田。その耳に、とても落ち着いた声が返ってくる。

『久しぶりだね、宇田くん。問題ないよ。悪いね、何年もスパイみたいな真似させて』

声は、南雲と一緒に鹿島珈琲に現れた男――有月のものだ。

「いっすよ。給料はそこそこでしたけど、働きやすい環境でしたし。特技も増えたんで」

『送ってくれた手作りのコースター、使わせてもらってるよ。でもごめんね。汚れ役を全部任せちゃって』

「いえいえ、お安いご用です。それより、あの絵……回収できなかったです」

『気にしないで。気まぐれに描いただけだから。とにかく、しばらくゆっくり休んでてよ。

こちらは次のフェーズに入ることにするから』
有月の声は、いかにも穏やかそうで、だけどどことなく淡々としていた。
宇田の起こした行動全てが、有月の指示によるものだったことなど……シンには知る由《よし》もなかった。

神々廻のスーパーマーケット探訪

SAKAMOTO DAYS

花冷えとはよく言ったもので。

十日も前に咲いた桜が未《いま》だ散る様子を見せないほど、ここ数日の冷え込みはひどかった。季節が二か月くらい逆戻りしたかのような気温に体が悲鳴を上げそうになる。

加えて、神々廻《シシバ》は相変わらず続く大佛《オサラギ》との日々に、心身ともに疲れを感じていた。

腕は立つし、仕事の面では何かと頼もしい後輩だ。悪感情はない。

が、どうしても「独りメシ」への思いが消えなかった。

欲望を募らせるだけ募らせて、神々廻はここのところ自分が何を食べたいのかよくわからないという状態に陥っていた。

殺し屋は体が資本。元気にバリバリ殺しの任務を遂行するためにも、良質な食事は欠かせない。だというのに、どうにも「食べたい」意欲が湧かないのだ。

いつも大佛の食べたいものに合わせていたのも、影響しているのかもしれない。

ともかく神々廻は「今、何が食べたいんや」という、至極シンプルな自分への問いに答えを出せないまま、とあるスーパーの前で立ち止まっていた。

「えらいデカいスーパーやん」

入り口にグランドオープンの幟《のぼり》をはためかせるその店は、関東《かんとう》地方全域にチェーン展開する大手スーパーマーケットである。

時刻は間もなく七時。そろそろ夕飯時ということもあって、仕事帰りと思われる人々が出入りしている。

神々廻はふと、今日の夕飯をここで調達するのも悪くないかもしれないと考えた。ビニール袋を提げて出てくる客たちの表情が、どことなく明るく見えたからだ。

「ま、たまにはええやろ」

そう呟《つぶや》いて、神々廻は店の中へと足を向けた。

これだけ大きなスーパーなのだから、ひとつくらい食べたいものが見つかるだろう……そんな期待もあった。

神々廻はスーパーの扉をくぐる前に、それとなく周囲を確認した。

もはや、大佛がつけてきていないかを確認するのが習慣になっていた。

「広《ひ》っろ」

神々廻は驚いた。

ちょっとしたコンビニなら、軽く五〜六軒くらいは入りそうな広さがある。

大きいスーパーなのは外から見てわかってはいたが、これほどとは。

壁側をぐるりと取り囲むように延びる棚は、生鮮食品が並んでいるようだ。店内中央に配置された陳列棚に隔たれて、向こう側は見えない。

その陳列棚はというと、恐らく七……いや八列くらいはありそうだ。どこに何があるのか見つけやすいよう、棚ごとのカテゴリーが記載された札が天井から吊《つ》り下げられていた。「醤油《しょうゆ》・調味料・ソース」、「乾物・塩・だし」、「香辛料・缶詰」、「ふりかけ・コーヒー・紅茶」といった具合に、区分けされている。

これでは逆に何を選ぶべきか迷ってしまいそうだ。

しかし同時に、神々廻はワクワクするのも感じていた。スーパーには、どことなく人を楽しい気持ちにさせるマジックがかかっているのかもしれない。

ともかく見てみるかと、神々廻は壁沿いに歩き始めた。


生鮮食品の列は色鮮やかな野菜と果物《くだもの》から始まった。

瑞々《みずみず》しい原色に目を奪われる。中でも気になったのは特売のいちごだ。

旬の終わりで小粒の品種ばかりだが、真っ赤な色にわずかに食欲が刺激された。

しかし手に取ってみるかと考えた瞬間、大佛の顔が浮かんで神々廻は手を引っ込めた。いちごのパフェを美味《おい》しそうに食べる大佛の顔を思い出して、なんだか気が削《そ》がれてしまったのだ。あの時、二度目に食べたパフェのいちごの、なんとも言えない酸味が今さらながらに口の中に広がった気さえした。

「まずはもっと力の出るもん、食わんとな」

神々廻はそう呟いて、いちごを通りすぎた。

続く野菜も、調理する手間を思うと手が出なかった。

ひとつ目の角を曲がって続く、精肉コーナーで神々廻は足を止めた。

旨《うま》そうに脂が乗った豚肉、この時間まで売れ残っているのが不思議なほど新鮮そうな鶏《とり》肉《にく》、細かくサシの入った霜降り牛肉が待ってましたとばかりに並んでいる。

肉の魅力はデカい。とはいえ今から手料理というのは、やはり面倒だ。

なら霜降り牛肉はどうだろうか。焼きさえすれば食べられる。

神々廻は、しっかりと焼き目のついたステーキを思い浮かべて、これならアリかもしれないと考えた。

「買《こ》うてみるか」

牛肉のパックを手に取ろうとした神々廻の脳内で、ふいに大佛の言葉が浮かぶ。

「焼き加減は、ミディアムで」

そういえば、前にステーキを食べた時にもこだわっていた。

かといって大佛が肉の味にうるさいかといえば、そうではない。どの部位の肉を出しても、味わうわけでもなく胃袋に放り込むのが大佛だ。

それどころか自分でミディアムを指定しておいて、待ち切れずにレアのままがっついていたこともあった。

神々廻が手に取ろうとしていた霜降り牛肉は、百グラム千五百円。

スーパーで売っている肉としては、いい肉と言えよう。しかし大佛の手……いや、味覚にかかったら、隣に並ぶ百グラム四百八十円の肉と変わらないのだろう。

そう思うと、なんだか急に買う気が失《う》せてしまう。

「アホらし」

神々廻は、結局肉を手に取ることはなかった。

続く魚のコーナーでも、神々廻の食指は動かなかった。

売り場にわずかとなってきた刺身のパックには、値引きのシールが貼られている。

お手頃、お手軽。今の腹具合にもちょうど良さそうな品だが、どうしても手が出ない。

神々廻はさらに先へと進んだ。

するとすぐ、「おっ」と惹《ひ》かれるものがあった。

お惣菜《そうざい》のコーナーから、ふわっと揚げ物の香ばしい匂いがしたのだ。

同時に。

「お待たせいたしました、揚げたて天ぷら追加になります～」

バックヤードから、大量の天ぷらが載ったバットを持ったおばちゃんが登場する。

おばちゃんは、お惣菜のコーナーに天ぷらを並べながら、

「天ぷらいかがですか～。エビの天ぷらがお買い得ですよ～。二本に、サービス品のかき揚げもついて、二百九十円です～」

と、神々廻を見るなり話し掛けてきた。

「そら安いな」

「でしょう～。うちの天ぷら、好評なんですよ～。食べてみる？　ほら、かき揚げ」

「あかんわ。玉ねぎ入っとるやろそれ」

思わず眉間《みけん》にしわが寄る神々廻。

「あら、玉ねぎ嫌い？　じゃあこれ、紅ショウガの天ぷらね！」

手際よく紅ショウガの天ぷらを箸で割って、さっと塩をひと振り。爪楊枝《つまようじ》を刺して神々

廻の手に握らせる。なかなか強引なおばちゃんだ。

渡されてしまった以上、食べないわけにはいかない。

神々廻はひと口大の天ぷらを口に入れた。

サクッと小気味よい音がして、じゅわっと油が広がる。塩気が若干強い気もしたが、そこがまた専門店とは違うジャンク感があって良かった。あとから舌に刺さるピリリとした辛味も悪くない。

紅ショウガの天ぷらは、驚くほどスッと神々廻の体内に馴染《なじ》んで消えた。

「旨いやん」

「だから言ったでしょう？　じゃあ、どれにします？　エビと紅ショウガでいい？　あなたちゃんと野菜食べてる？　マイタケとかレンコンとかもあるわよ」

野菜を食べへんのは大佛のほうや――と、神々廻は言い掛けた。

いつだか任務帰りに天ぷら屋に入った時、大佛は店主のおまかせコースを頼んだにも拘《かかわ》らず、エビばかりを所望した。

「エビ食べたい」

何度その言葉を聞いたことか。

店の天ぷらは衣が軽くてサクサクで、それはもう美味しかったことを神々廻は今も鮮明に思い出せる。特に、野菜はどれも絶品だった。分厚いしいたけの旨味に、アスパラの甘み、レンコンの歯ごたえに、しし唐の香りも最高だった。

なのに、それを全部神々廻に押し付けて、大佛はひたすらエビだけを食べたのである。

「すまんけど、ちょお……考えるわ」

おばちゃんがパックに天ぷらを詰める前に、神々廻はその場をあとにした。

あの日、大佛が寄越した野菜の天ぷらで腹がはち切れそうになったことまで思い出し、神々廻は胸やけを起こしそうになっていた。

再び生鮮食品コーナーに沿って歩き始めた神々廻は、気を取り直し、改めて陳列棚の商品に集中した。

種類豊富な加工肉やらバターやらチーズやらを横目に、今のスーパーというのはずいぶんおしゃれな食品を取り扱っているものだと感心する。生ハムなんてものまで町のスーパーに置いているとは、思いもしなかった。

チーズのコーナーが終わり、ふたつ目の角を曲がって目に飛び込んできたのは冷凍食品だった。

巨大な冷凍庫の前に、実演販売の片づけをしている男がいる。スーツの上からスーパーのエプロンをつけているが、冷凍食品会社の社員だろうか。

神々廻は当然、素通りするつもりでいた。片づけを邪魔するのは悪いし、記憶にある限り、冷凍食品を旨いと思ったことがないからだ。

ところが、男は神々廻を見るなり片づけの手を止めて元気に声をかけてきたのである。

「新商品の本格マルゲリータピザの試食、いかがですか！」

当初の思惑とは裏腹に、足を止める神々廻。

「冷凍ピザて、なんや分厚いおやつみたいなんとちゃうん？」

相変わらず表情こそ変えないが、本格マルゲリータというワードが気になった。

「いえいえ、うちのはナポリ風ので！　どうぞひと口！」

言われるがまま、小さくカットされたピザの欠片《かけら》をいただく。

余計な具材は何も載っていない。玉ねぎを使っていないことも確認できた。

食べると、トマトの酸味と甘みがほどよく口に広がり、バジルの風味が鼻を抜けた。

なるほど、神々廻が想像していたものとはだいぶ違う。

冷凍ピザといえば丸くて分厚い生地の上にサラミと玉ねぎとピーマンが載っているものばかりだと思っていたが、複雑すぎないシンプルな味が今の疲れた心身にはわかりやすくてよかった。

「こういうのでええねんな」

「そうなんですよ！　逆に贅沢《ぜいたく》な味わいと言いますか！」

自信満々に勧めてくる男の声に、何故《なぜ》か大佛の言葉が重なる。

「シンプルなのに贅沢な味……」

一度だけ入った、窯焼きピザのお店で大佛が口にした言葉である。

本当に「シンプルなのに贅沢な味」が大佛にわかっていたのかは、大いに謎《なぞ》だ。

ただ、あの時のなんともいえないドヤ顔を思い出し、神々廻は「やっぱええわ」と冷凍食品コーナーに背を向けた。

しかしである。

神々廻は思った。俺はさっきから、何をこんなに気にしてるねん——と。

何を手にするにも大佛がちらつき、大佛と食べた時のことを思い出す。これでは、一人なのに大佛といる時と変わらないではないか、とも。

神々廻はクルリと踵《きびす》を返し、男から冷凍ピザを受け取ると、来た道を戻ることにした。

スルーした加工食品のコーナーでハムとチーズを選び、お惣菜のコーナーでは、おばちゃんにこれでもかと野菜天ぷらをパックに詰めてもらい、肉と魚のコーナーで一番高い国産牛とお刺身セットを手にし、野菜コーナーまで戻ると、いちごのパックをカゴの一番上

PIZ
OSARAGI
シェフ
ゴシゴシ
!?

にほいほい載せた。

今日は自分一人なのだ。大佛のことなど気にせず、好きに買えばいい。

神々廻は、商品を山盛りに積んだ重いカゴを手にレジまで向かった。


ところが……。

神々廻は結局、何も買うことなくスーパーを出てくることとなった。

いざ会計をしようとカゴを見た瞬間、急速に買う意欲がしぼんでしまったのである。

一人で食べるにはあまりに量が多かったし、何より、どこまでも大佛に振り回されている気がするのも癪《しゃく》だった。

神々廻はふうと息をつくと、スマホを取り出した。

電話をかけて数コール。相手が、どこか寝ぼけたような声で電話に出る。

「あー大佛、俺や。もう家に着いたん？　まだなんやったら、どっかで落ち合おうや。メシでも……いや奢《おご》るとは言うてへん」

電話の向こうで「言った」と大佛が言い張った。

それならそれでいいかと思いつつ、神々廻が電話を切る。

どうせ振り回されるなら、直接ツッコめるほうがまだいいか……などと考えていた。

神々廻は「たまにはええやろ」と呟きながら、自宅へではなく大佛との待ち合わせ場所へ向かって歩き始めた。

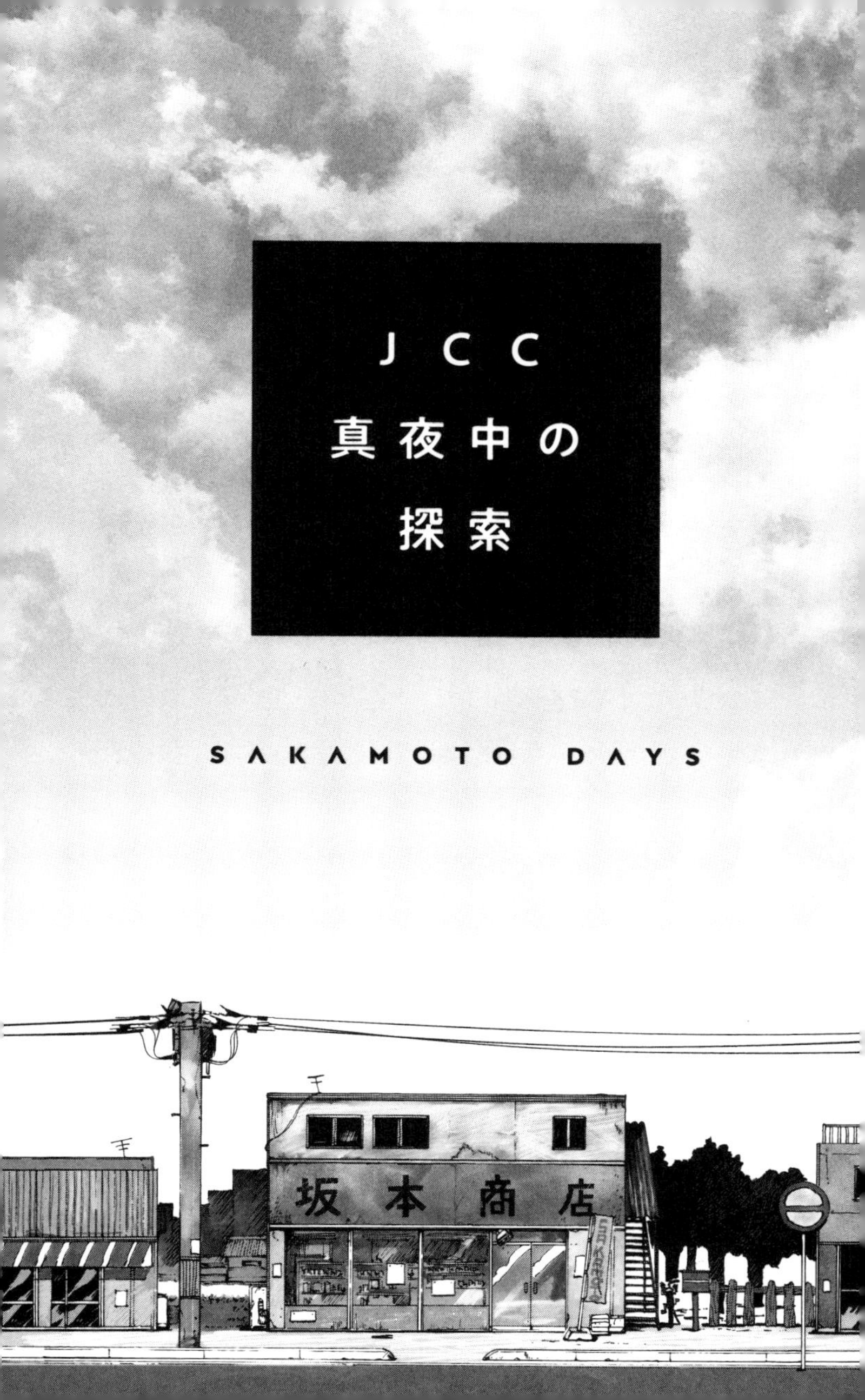
JCC
真夜中の
探索
SAKAMOTO DAYS
坂本商店

思い出すきっかけは、JCC《ジェーシーシー》へ編入試験に向かうため、準備をしている時に訪れた。

「ねえねえ、パパのガクセイ時代ってどんなだったの？」

そう花《はな》に聞かれたのである。

どうしてそんなことを聞くのかと思えば、花はこう言った。

「シンくん、学校って初めてなんだって！　だから、パパのお話を聞いたらね、きっと安心すると思うの！」

なんて優しい子だろうかと、坂本《さかもと》の目尻《めじり》が下がる。

「それに、花も聞きたい！　パパのガクセイ時代の思い出！」

にっこりと笑う花を見ながら、坂本は考えた。

学生時代の思い出は色々ある。くだらないものから、とんでもなく危険なものまで、それはもう多岐にわたるが……花に聞かせて問題ない話となると限られるかもしれない。

――殺しの話は……したくない。

葵《あおい》が怒るのも当然のことながら、坂本自身、過去の重苦しい話を花に聞かせるつもりはなかった。

では、どんな話ならできるだろうか。

「あ……あった」

「なになに、どんなお話⁉」

大きな目を、期待に輝かせる花。

そんな彼女に坂本が語り始めたのは、とある夜の話である。

あの頃、いつも一緒に過ごしていた同級生二人との、はた迷惑な夜の記憶を手繰り寄せながら、坂本はポツリポツリと語り始めた。


草木も眠る丑《うし》三つ時とはよく言ったものだが、午前二時の校舎の中には、息をするのもはばかられるような静寂が流れていた。

非常灯のぼんやりとしたグリーンの明かりが点々と続く、古い校舎の廊下の突き当たり。

半地下のような南階段下の空間は、ほとんど明かりが届かない暗闇に覆われていた。

その中に、もそもそと蠢《うごめ》く影が……三つ。

そのひとつが、ふいに実像を結ぶ。

浮かび上がったのは、クセのある髪を無造作にかき上げながらくわえタバコに火をつけようとしていた女――赤尾《あかお》リオンである。

その隣には、何やらニコニコと楽しそうに笑う男――南雲《ナグモ》がいた。

南雲の黒々とした瞳《ひとみ》には、赤尾が着けたライターの火が煌々《こうこう》と映っていた。

「おい、しっかり準備できてんだろうな」

「もちろんだよ〜。早速ピッキングしよ〜」

赤尾の問いに怪しげな道具を見せる南雲。

「ピッキングなんてめんどくせーだろ。これでぶっ壊しゃよくねぇ?」

そう言って赤尾が拳銃を取り出すなり鍵穴に突きつけた。

間髪《かんはつ》容《い》れず、銃声が二発。建物に反響してあたりに響いた。

「やっべ、サイレンサーつけんの忘れてた」

「巡回に聞こえたらどうするのさ〜」

などと言いながら、赤尾も南雲も笑っていた。

そんな二人の様子を見ていたのは、最後の影の主――坂本太郎《たろう》、その人だ。

坂本はほつれかけていた髪を首の後ろでまとめ直し、突然の銃声ですら開き切らない寝

ぼけ眼《まなこ》をこすっていた。

やたらと楽しげな赤尾と南雲を前に、坂本はひたすら疑問だった。

かと思ったら、突然ピカッと強烈な明かりが目を直撃。坂本が思わず顔をしかめると、赤尾がケタケタ笑いだす。その手に懐中電灯が握られているのに気づいたのは、数秒経ってからのことだった。

「なんだ〜、明かり持ってるなら最初から使ってよ〜」

「そこにあったんだよ。非常用かなんかだろ」

やたらと楽しげな南雲と赤尾を前に、坂本はひたすら疑問だった。

「なんで俺まで」

その言葉に二人がグルンとこちらに顔を向ける。

「なんでって、お前だってデータバンク気になんだろ?」

「JCC最大の都市伝説だもんね〜」

データバンク——とは、JCCに関わるあらゆる情報が保管されている『何か』と言われているが、その実態は謎《なぞ》に包まれている。

どんな媒体に記録されているのか、どこに保管されているのか、そもそも本当に存在しているのか。何もかもが不明という眉唾《まゆつば》物の代物《しろもの》だ。

生徒の間では、古い校舎の南階段下に作られた『謎の部屋』が、データバンクの隠し場所なのではないかともっぱらの噂《うわさ》だった。

赤尾が今まさに鍵をぶっ壊したのが、その『謎の部屋』の扉というわけである。

「そんなものを手に入れてどうするんだ？」

坂本は首をひねった。

その様子に赤尾と南雲は信じられないという顔をした。

「嘘《うそ》だろ……ガチでわかんねーって顔じゃん」

「過去問が見放題なんだよ？」

「必要あるのか？」

坂本には本当にわからなかった。

わざわざ筆記テストの点数を稼ぐために過去問を盗みに行く必要があるのだろうか。

坂本とて、抜群に筆記テストの成績がいいわけではない。

だけど実技となったら話は別で。ＪＣＣにおいて大事なのはむしろこっちなのだから、気にしたこともなかった。

そんな坂本に南雲が言う。

「いやいや興味ないわけないでしょ～。データバンクを手に入れられれば、先生たちの弱みも握れちゃうんだしさ～」

「暗殺法学のうるせぇ先コーを黙らすいい機会だぜ」

赤尾はニタリとあくどい笑みを浮かべていた。

なるほど、過去問そのものを盗むことよりそっちが本題なのかもしれない。

特に彼らは、日ごろ『問題児』として多くの先生たちから目をつけられている。

何かといえば退学をちらつかせる先生たちの弱みを握りたいと、二人が考えるのも不思議はない。

『問題児』にはもちろん坂本もカウントされているが、やはり坂本がそれを気にしたことはなかった。

「興味ない。俺は戻って寝る」

坂本は寮に戻って眠る気マンマンだった。

ところが。

「えいっ」

「っ……!?」

突然、膝《ひざ》から力が抜け、前のめりに扉にベッタリと手をつく坂本。

いつの間にか背後に回っていた南雲に、膝をカクンと折られたせいだった。

いったいどういうつもりかと振り返ると、南雲がいい笑顔を浮かべていた。

「これで指紋もバッチリついたし、立派な共犯だね！　万が一の時は、坂本くんが主犯でーすって言っちゃおうかな～」

——やられた。

顔をしかめる坂本に、さらに赤尾が追い打ちをかける。

「おら入んぞ。あと二十分もしたらあの人が巡回に来ちまう」

誰のことかと聞く前に、南雲が「佐藤田《さとうだ》先生に見つかったら、ヤバいもんね～」と再び笑った。

「……聞いてない」

坂本の顔がわずかに曇る。

「今言ったからな」

「そういうことだから、さっさと終わらせよ～」

不満はあったが、こうなったらとっととデータバンクとやらを奪取して、佐藤田に見つかる前に校舎から脱出するほかなかった。

何しろ暗殺科教師の佐藤田は、ＪＣＣの中でもダントツに強い合気道の使い手だ。

もし見つかったら無事では済まないどころか、五体満足でいられる保証はない。

坂本は渋々ながら、二人に付き合うことを決めたのだった。

扉を開けるなり、三人はＪＣＣがどういう場所か……つくづく思い知ることとなった。

先頭に立たされた坂本が一歩、暗い部屋の中へと足を踏み入れた瞬間――。

風を切る音がして、それは真っすぐ飛んできた。

反射的に右手を突き出して、咄嗟《とっさ》に飛来物をつかむ坂本。

脳天をぶち抜くギリギリで止めたのは、ボーガンの矢だった。

「……罠《わな》か」

そう言って、坂本がボーガンの矢を床にポイッと捨てる。

「入ってきたところをズドンッてか。殺《ヤ》る気まんまんじゃねぇかよ」

ブツクサ言いながらも、赤尾の声色《こわいろ》はどこか楽しげである。

「えー、でもボーガンって古くない？　中途半端だし」

南雲は、坂本の横から真っ暗な部屋に入っていくと電灯のスイッチの在《あ》り処《か》を探し始めた。

小さくコツコツと音が響く。思いのほか、足元はしっかりしているらしい。

てっきり老朽化した床板がギシギシ音を立てるかと思ったのに。

坂本は少し不思議に思いながらも、あとへ続いた。

「にしても埃《ほこり》っぽいね〜」

「んなことより南雲、とっとと電気つけろ」

「いや探してるんだけど……あ、これかな〜？」

カチリと小さく音がして、部屋の中に黄色い明かりが灯《とも》る。

同時にガチャリと音がして、三人は同じ方向を向いた。授業で何度も聞いたことがある。

機関銃が作動する直前の音だ。

ボーガンが飛んできたのと同じ場所から、銃口が突き出しているのが見えた。

ドドド――ッ！

気づくと同時の連射。たまらず、三人は一気に横へと飛びのいた。

ひとしきり銃声が続き、機関銃が弾切れを起こすと、

「ボーガンはブラフでこっちが本命ってことか。やられたね〜」

最初に南雲が笑い、

「けど、これでデータバンクの信ぴょう性が上がったってもんだろ」

赤尾がタバコに火をつけた。

坂本はといえば、まったく面倒なことに巻き込まれたと考えていた。

ともかく、（恐らく）最初のトラップは回避できた。ここからが本番になると思われた。

その証拠に、部屋のど真ん中の床――三人の足元に、仰々しい鉄のハッチが埋め込まれていた。

部屋の三方はコの字型に作りつけの棚が設置されており、ゴチャゴチャと荷物が置かれているのがわかる。

データバンクが隠されているとしたら、ハッチの下としか考えられなかった。

「これさぁ、ただの床下収納ってわけじゃないよね～」

「開けりゃわかんだろ」

「どけ。俺が開ける」

そう言って坂本がハッチの取っ手をつかむ。

今となっては、三人の中で誰よりも……それこそ一分一秒でも早くデータバンクを見つけたい坂本である。

――この下にデータバンクがあるなら、とっとと盗んでとっとと出たい。

坂本は、つかんだ取っ手を思いっきり引き上げた。

しかし。

「開かない」

「坂本がひ弱なだけじゃね？」

「俺はひ弱じゃない」

赤尾の言葉にムッとする坂本。

ハッチは思った以上に頑丈なのか重いのか、どれだけ坂本が力を入れても開かず。

それが却《かえ》って、床下に隠されたものの重要性を物語っているようでもあった。

「いいからどいてみろよ」

そう言って赤尾もチャレンジしたが、結果は同様だ。

「めんどくせーなぁ」

そう言って、再び銃を取り出し、止める間もなく撃ち込む赤尾。

けれど、四度も撃ち込んだ弾は全て、強固なハッチに弾《はじ》き返されて坂本をヒヤヒヤさせるだけだった。

「入学セットのコルトガバメントじゃ無理でしょ。これ、電子ロックがかかってるんじゃないかな〜？」

二人のやり取りをよそに、南雲は棚を手探りで調べていた。

「これかな〜？」

ガタゴト何かを動かすと、ガッコン——と、やたら大層な音を立てながら棚の一部が引っ込んで、代わりに液晶を搭載した機械が現れる。

想像以上に厳重な警備が施されていることが窺《うかが》えた。

「セキュリティか」

「顔認証システムだろ」

顔をしかめる坂本に、赤尾が答えた。

昨今、IDカードは元より、顔認証や指紋認証、あるいは声紋認証あたりを取り入れている会社や組織は多い。一般企業ではそうないかもしれないが、瞳の虹彩《こうさい》認証をセキュリティに組み込んでいる組織だってある。

当然、潜入を伴う殺しの任務では、そういったセキュリティの突破は必要不可欠。

坂本たちも、このあたりの技術の概要については殺連《サツレン》の授業でとっくに習得済みである。

だからといって簡単に解除できるものでもない。

普通だったらここで詰み。打つ手はなくなってジ・エンドで諦めざるを得ないわけだが、そうはならないのが坂本たちなのだ。

「オラ、南雲。とっととアレやれよ」

「わかってるけどさ〜。これって誰になればいいのかな〜？」

「どうせ校長とかじゃねえの？　とりあえず試しゃいいじゃん。三回まではいけんだろ」

「そうなのか？」

何故《なぜ》三回だと赤尾が断言するのかわからず、坂本は首をひねっていた。

「こういうのは、三回以上失敗したらロック解除できねーって相場が決まってんだよ」

スマホ然《しか》り、キャッシュカード然りと赤尾が付け加えたが、坂本にはいまいちピンときていない様子である。

「お前そういうとこホント天然な」

——天然……？

坂本がますますわからんという顔をしたところで、突然低い声がした。

「何してるお前ら。退学にするぞ」

思わず同時に振り返る、坂本と赤尾。

「深夜の教員棟への侵入、過去問の窃盗未遂……俺が責任を取らされるハメになったら、お前ら全員ぶん殴るからな」

一瞬だけギクリとしたが、坂本も赤尾もすぐに緊張を解いた。

何故なら、そこにいるのは常日頃から坂本たちに目をつけている教頭の山田《やまだ》先生——ではなく、お得意の変装術で山田先生に扮《ふん》した南雲だと気づいたからだった。

「ぶわっはははは！　おまっ、マジでソックリだな！」

「さすが南雲……」

「あはは、とかいって二人ともちょっとビクッてしてたでしょ〜」

「けど、なんで教頭なんだよ？」

赤尾の疑問はもっともだが、南雲には何か考えがあるらしい。

「こういう管理系って校長より教頭って気がするんだよね」

「そういうものなのか？」

これもまた、坂本にはよくわからない話だった。

「ま〜、ただの勘だけどね〜」

普段なら決して見られない山田先生のニコニコ顔が（中身は南雲だとわかっていても）、ちょっぴり不気味である。

坂本は眉をひそめて口を開いた。

「いいから早くしろ」

「わかってるって♪」

佐藤田先生が巡回に来るまで、残りおよそ十五分。まだ時間はあるが油断はできない。

坂本に促されて、山田先生の顔をした南雲が液晶画面の前に立つ。

南雲の読みは見事に当たったようだ。

画面に「認証しました」の文字が表示されると、すぐさまゴウン……と、大層な音を立てて、ハッチのロックが開錠された。

坂本が再び取っ手を引き上げると、中から空気が抜ける音がした。

「ね、僕の言った通りでしょ〜」

「なんか殴りてぇ」

赤尾の言葉に坂本が頷《うなず》く。

「同感だ」

「二人ともひどいな〜」

元の顔に戻った南雲の、これでもかというドヤ顔にイラつきを隠せない坂本だった。

「マジかこれ。どんだけ金掛けてんだ、うちのガッコは」

ヒュウと口笛を吹いて、だけど赤尾がさすがに驚いたというように大きな目をパチパチさせた。

ハッチの下には、想像をはるかに超えた広い空間が待ち受けていたのである。

せいぜい金庫一台分のスペースかと思いきや、なんとビックリ。巨大な白い地下室が出現したのだから当然だ。

なるほど、床板を踏みしめてもギシギシ音がしなかったのは、こんなものが隠れていたからか……と坂本は納得していた。鉄の巨大な箱が埋め込まれていたようなものだ。

部屋の中央には、ポツンと金庫らしきものが見える。

あれがデータバンクの保管場所らしい。

ならばやることはひとつしかない。

「取ってくる」

「わっ、ちょっと待って。まだ罠があるかも……」

南雲が言い終わる前に、坂本は地下室へと飛び降りた。

一秒、二秒……地下室に異変は見られない。

「問題ない」

坂本が見上げると、続いて二人も飛び降りてきた。

「絶対なんかあると思ったんだけどな～」

「ま、そんときゃそん時だろ」

南雲の意見も赤尾の意見も、どちらにも一理はある。

入り口に二段構えの罠を仕掛け、セキュリティシステムを施したハッチをつけて、わざわざ隠した地下室だ。何もないとは考えられない。

とはいえ、いつどこからどんな攻撃がやってくるのかわからないのも、殺し屋なんて職業では日常茶飯事だ——と、経験者の講義でもよく耳にする。

罠が発動する前に脱出すればいい。坂本はそう思っていた。

目下のミッションは、部屋の中央に鎮座している高さ一メートルほどの金庫の鍵を開けることだ。かなり古そうな金庫には、鍵穴の横にダイヤル錠がついていた。

それを見た三人……とりわけ南雲は困った顔をした。

「まさかアナログ方式とはね」

「開けるのは難しいのか？」

坂本が聞くと、南雲は「う〜ん、無理かも」と前置きをして説明した。

「電子錠と違ってさぁ、どういう仕掛けになってるのかわかんないんだよね。ただ数字を当てればいいって話じゃなくて、右に何回・左に何回とかそういう規則性がわからないと開けられないってこと。そもそも鍵がないとなると——」

「わかった」

南雲の話を遮って、坂本がパキポキと拳《こぶし》に力を入れる。

「え、まさか……坂本くん？」

「わからないなら力ずくで開ければいい」

言い終わるより早く、坂本は文字通り力ずくで金庫の扉を引きはがしたのだった。

鉄の分厚い扉を無理にこじ開ける……というか壊す様子は圧巻だ。

さすがの赤尾と南雲も目を丸くしていた。

けれどすぐに。

「あっはははは！　嘘だろ、おめー！　どんだけバカ力なんだよ！」

「ほんと坂本くんてバ……面白いよね～」

大笑いする二人である。

どうしてそんな風に赤尾と南雲が笑うのか、まったくもってわからない坂本だが、今はそれより金庫の中身である。

「あったぞ」

坂本が中から取り出したのは、小さな物体だった。見たところ、普通のＵＳＢのようだ。

それを赤尾がひょいと手に取った。

「こん中にデータが入ってるってことか」

「思ってたのと違う」

「えっ、まさか紙の束でも入ってるとか思ってた？」

あからさまにバカにした南雲の口ぶりが腹立たしい。

思わず殴ってやりたくなる坂本だったが、今は、それより何よりこの場からの脱出が先決だということもわかっていた。

残された猶予は十分を切ろうとしていた。

「とっとと出るぞ」

坂本がそう言った、直後だった。

「坂本、避《よ》けろ！」

突然赤尾が声を上げ、かと思ったら力任せに坂本の腕を引っ張った。

体勢を崩し、横倒しになりながら赤尾に引き寄せられる中、坂本は自分の真横を走る真っ赤な線を見た。

ドンッ――と、床に倒れ込んだのと、鉄の金庫が真っぷたつになったのはほぼ同時。

赤い線はそのまま壁の中へと消えていった。

次なる罠が発動したのは目に見えていて。この一回で終わるはずがないことも、三人は瞬時に理解していた。

「あははは、まさかレーザートラップまで仕掛けられてるとはね」

「笑ってる場合じゃない」

「坂本、南雲！　上！」

いち早くレーザーの気配を察知した赤尾の言葉に、坂本も南雲もすぐに反応する。

天井から、まるで槍《やり》の雨のように次々赤い線が降り注ぐ。

三人は既《すんで》のところで、それらを避けた。

「これはちょっと……避け続けるのも限界あるかも～」

「どうすれば止まる？」

「やっぱあれじゃねーの？　システムそのものをぶっ壊すしか……っと、やべぇ感じがするな」

赤尾が言うと、床に無数の穴を開けたレーザーが降りやんだ。

もちろんここで終わりというわけじゃない。

赤尾が正面の壁を睨《にら》みつける。坂本と南雲もそれにならった。

上から横から複数の線が伸びてきて、見る間にレーザーが格子模様を描いていく。

「うわ～、あれが迫ってきたらバラバラにされちゃうね。なんかそういう映画なかったっけ？」

「ゾンビぶっ倒すゲームのやつだろ。昔、晶とやったな」

この期に及んで笑って話す余裕があるというのだから、南雲も赤尾もとんでもない神経の持ち主である。

かといって、坂本が一人焦っているかというと違う。

南雲の言葉通り、格子模様のレーザーは音もなくこちらへ迫り始めていた。

そのスピードは相当なものだ。今から天井に逃げることは叶《かな》わない。

それを悟った坂本は、すぐさま真っぷたつに割れた金庫の片割れを両手に抱え、

「逃げ場がないなら、作るだけだ」

グルグルと回転しながら、砲丸投げよろしく赤尾と南雲が背にする壁へと、思いっきり鉄の塊を叩《たた》きつけた。

凄《すさ》まじい衝撃と、砂煙が舞い上がる。

「っとに、どんだけバカ力なんだよ」

「でもこれで避難できそ〜」

二人が壁を振り返る。そこには大きな亀裂が走り、一部が崩れ、基礎のコンクリートをむき出しにしながら、三人がギリギリおさまれそうな凹みが生まれていた。

「坂本！　早く来い！」

「わかってる」

坂本が走り出した時、格子模様を描いたレーザーはそのすぐ背後へと迫っていた。

一足跳びに、赤尾と南雲がおさまる凹みへ——。

三人がぎっちり並ぶと、ちょうど壁のラインと平行になった。

凹みをパテで埋めたような感じと言えばいいだろうか。

迫るレーザーはもう目と鼻の先。ここまできて南雲が言う。

「これ、壁を貫通したりしてね」

そうなったら手の打ちようがない。

が、坂本には確信があった。

「大丈夫だ」

その言葉通り、坂本たちの体をバラバラにすることなくレーザーは消えた。

同時に、壁の一部を破壊したことでセキュリティそのものに異常をきたしたのか、どこからともなく機械が小さく爆発するような音が聞こえてきた。

およそ三十秒。じっと息をひそめていた坂本たちが、壁の凹みから顔を出す。

地下室の中はすっかりシンと静まり返っていた。レーザートラップは間違いなく機能しなくなったようだ。

「てめぇ、南雲。縁起でもねぇこと言いやがって」

赤尾がポカンと南雲の頭を殴る。

「痛いなぁ。助かったんだからいいじゃん」

「けどよ、坂本はなんで大丈夫ってわかったんだ？」

頭をさする南雲に早くも興味を失った赤尾が聞いてくる。

坂本は、床に開いた無数の穴を指さした。

「穴が浅い」

言われた赤尾がその場へしゃがみ込む。

確かに穴は、床板までをも貫通しているようには見えない。

「なるほどな」

「二人とも、早く脱出しよ〜」

床に視線を落としていた坂本と赤尾が同時に顔を上げた。何故か、声が頭上から聞こえてきたからだった。

見ると、すでに南雲が天井のハッチからこちらを覗《のぞ》き込んでいるではないか。

「あのヤロウ、いつの間に」

呆《あき》れた顔で呟《つぶや》く赤尾と顔を見合わせて、坂本は言った。

「俺たちも急ぐぞ」

「わぁーってるよ」

佐藤田が巡回に来るだろう時間まで、あと五分。二人は大急ぎで地下室を脱出した。

「終わってみると、ちょい楽勝だったよなぁ」

坂本がハッチを閉める横で、赤尾がUSBを宙に放って弄ぶ。

どのトラップも、一歩判断を誤れば危ない代物《しろもの》だった。

けれど赤尾が言いたいこともわかるような気がする……と、坂本は考えた。

「案外フェイクだったりしてな」

赤尾がふいに呟く。

「それ、さっきの仕返し？　縁起でもないこと言って、焦らせよ〜って」

「んなめんどくせーことするかよ」

「だよね〜。それより急がないと、そろそろヤバいかもよ」

南雲の言葉通り、ほとんど猶予はない。

三人は念のため、音を立てないよう南階段下の部屋を出てあたりを窺った。

耳を澄ますも、巡回の足音が聞こえてくる様子はない。

「大丈夫そうだな。出るぞ」

そう言って、赤尾が一歩踏み出した時だ。

「ダメだ。来てる」

大丈夫だと言った赤尾の顔色が百八十度変わり、あたりの空気が一気に冷えた気がした。

とてつもなく恐ろしいものが近づいてくるような予感に、ゾクリと総毛立つ。

――足音も気配もしない。でも、今動いたらヤバい。

その場の三人が三人、そう思ったに違いない。

首筋《くびすじ》に嫌な汗が流れて、坂本が眉間《みけん》にしわを寄せた直後。

ズッ――と、重々しい空気が階段上に出現したのがわかって、三人は咄嗟に部屋の中へ逆戻りした。音を立てないよう扉を閉めて、息をひそめる。

「あら……誰かいたかと思ったけれど」

扉の向こうから佐藤田の声がして、三人は呼吸を完全に止めていた。

あの冷たく重々しい空気は思った通り、彼女が発したものだったのだ。

――見つからなくてよかった。

心底そう思う坂本である。

早く立ち去ってくれと願いながら、坂本は……坂本たち三人は、ひたすら気配を殺してその時を待つが――。

ガチャ……。

静かにドアノブが回されて、口から心臓が飛び出るかと思うほどに驚く坂本。

しかし扉が開くことはなく。

「……きっと気のせいね」

納得したらしい佐藤田の声がして、扉の向こうの気配がいくぶんか柔らかくなるのがわかった。それから少しして。

コツン……コツン……と、小さく足音を立てながら、佐藤田の気配は遠ざかっていった。

しかし、まだ気は抜けない。

坂本たちはたっぷり五分ほど時間を置いてから、ようやくそっと扉を開けた。

もしそこに遠ざかっていったはずの佐藤田がいたら……？

自分の想像に一瞬だけ手足を冷たくした坂本だが、そんな恐ろしい展開は待ち受けていないようだ。

「危ないところだった」

息をつき、ひそひそと言葉を交わす三人。

「いや〜、死んだかと思っちゃったよね」

ヘラヘラと笑ってはいるが、南雲の顔色はいつになく青い。赤尾も額《ひたい》に汗をかいているように見えた。

「とにかく今のうちに逃げるっきゃねぇな」

顔を見合わせて頷き合い、最新の注意を払って、足音を立てないように歩き出す三人。

階段を登った先には出口がある。そこから出てしまえば、あとは一目散に逃げるだけだ。

……ところが。


「どうなってる」

坂本は建物と中庭とを隔てる扉を前に眉をひそめた。

入ってきた時は開いていたはずの鍵が締まっていたのである。巡回中の佐藤田が気づいて鍵をかけたのだろうか。これでは外へ出られない。

「チッ……いっそのこと窓を割っちまうか？」

赤尾の提案は飲めるはずもなかった。音を立てれば佐藤田を呼び寄せるだけだ。

「そもそも、これを割るのは難しいだろうしね」

そう言って、南雲がコンコンと窓を拳で叩いた。

廊下の窓には特殊な強化ガラスがはめられている。さすがの坂本のバカ力をもってしても、これを素手で割るのは現実的ではない。

ＪＣＣの強固なセキュリティシステムのなせる業なのか、開錠も難しそうだ。

扉も窓も中から開けられないようロックされているのは、万が一にも紛れ込んだ侵入者を、むしろ逃がさないためのものなのだろう。

「他の出口を探すしかない」

言うや否や、坂本が歩き出す。

「つっても闇雲に歩いたらヤベーだろ。いつ出くわすかわかんねぇじゃん」

「それならある程度予測つくかも。巡回ルートはだいたい頭に入ってるからね♪」

なんでそんなものを知ってるのかと訝《いぶか》しむ赤尾に、南雲は「諜報《ちょうほう》活動科にいた時にちょっとね」と笑った。

ともかく、南階段下をチェックし終えた佐藤田は、二階から三階、そして四階へと上階に向かっているはず……ということで。

佐藤田が戻ってくる前に職員室へ向かい、窓から脱出を試みようと話す三人。

南雲いわく、巡回は教員棟の職員室から始まり職員室で終わるらしい。

そこなら確実に出入りが可能なはずだと考えた。

「そうと決まれば急いだほうがいいかもね」

「わかった」

南雲に促され、坂本が教員棟へ続く廊下を振り返る。

ここからは慎重に動かなければならない。そう考えて、一歩踏み出した坂本が、その足を止めた。

　というより歩けなかった。

　廊下の先に佇《たたず》む暗闇から、とてつもない圧迫感が迫っていたからだ。

「どした？」

「坂本く〜ん？」

　赤尾と南雲はまだ気づいていないのか。

　けれど、一歩踏み込むと、すぐにビクンと体を震わせた。

「やっぱりあなたたち三人だったのねぇ」

　やけに優雅な声がして、突風が吹き荒れた。

　正確には佐藤田悦子《えつこ》の発した殺気が、三人にぶつかったのだ。

「やべぇ！　ずらかるぞ！」

　すぐさま声を上げて、階段を三段も四段も飛ばしながら上階へ駆け上がったのが赤尾。

　続けて、南雲と坂本が脱兎《だっと》のごとくその場から逃げ出した。

「おい、てめぇ！　南雲！　全然ルート合ってねぇじゃねぇか！」

「あはは〜、ごめんごめん。でもしょうがないでしょ〜、完全に僕らがいるってわかってて張ってたみたいだし」

「どうやって逃げる？」

走りながら、坂本が廊下の窓ガラスに体当たりを試みる。

やはり南雲が言っていたようにびくともしない。

教員棟へ行くまでもなく教室の窓から脱出すべきかと思いもしたが、どの教室も鍵がきっちりかかっていた。

鍵を壊そうにも、赤尾のコルトガバメントはすでに弾切れ。

やはり教員棟を目指すしかないようだ。

「つっても、簡単にはたどり着けねーだろ」

「佐藤田先生がどこから出てくるかわかんないもんね～」

先ほどまでは微塵《みじん》も感じられなかった佐藤田の気配は、今は反対に、棟内全域に色濃く漂っている。もはや彼女の殺気に包まれていると言ってもよかった。

じりじりと身を削るような重圧と、今も感じる鋭い視線。なのにその姿は見えず、どこにいるのかさっぱりわからない。

こんな中、易々《やすやす》と教員棟にたどり着けるとは思えない。

「鬼ごっこは終わりにしましょうね」

どこからか聞こえた柔らかい声が、ますます坂本たち三人の心音を加速させる。

声色だけは朗らかだけど、怒っているのは間違いない。

今捕まったら、全身バキバキに折られるくらいじゃ済まないかもしれない。

自分の想像に坂本はゾッとした。

このままでは逃げ切れる未来が想像できない。

それは南雲も同じだったようだ。

「一旦バラけるってのはどうかな～？」

「つまり陽動ってことか。乗った！」

言うや否や、赤尾が走るスピードを上げた。

「オッケ～。じゃあ二人とも、殺されないようにね～」

――絶対逃げ切る。

真逆の方向に散らばる南雲と赤尾を横目に、坂本は再び階下を目指した。

闇の色濃い一階の廊下を駆け抜け、教員棟へ。

途中、何度か佐藤田の声と気配が強くなって、坂本はもうダメかと思い掛けた。

けれど運よく佐藤田にかち合うことはなく、教員棟の窓から外へと飛び出すことに成功した――かに思えた。

職員室の窓から裏庭へ飛び出した坂本は目を疑った。

裏庭の木に南雲が括《くく》りつけられていたのだ。

南雲は坂本の顔を見るなり、

「やっぱり坂本くんが先に来たか～」

と、笑った。

「お前……わざと捕まったのか」

「あはは、わかっちゃった？」

坂本は呆れた顔をした。

教員棟へ向かって逃走を図る間、校内で佐藤田と誰かが戦闘を繰り広げた気配はしなかった。となると、南雲は抵抗する間もなく捕縛されたか、あるいは自ら降参したかのどちらかの可能性が高い。

坂本が先に出てくるだろうことを見越して、佐藤田が赤尾を追っている間に助けてもらおうという魂胆なのはすぐにわかった。

「いいから早くほどいてよ。今のうちに二人で不意打ちに――」

ドッゴン――ガラガラガラ！

南雲を縛り付けている縄に手を伸ばそうかという坂本の頭上で、大きな音とともに建物の一部が崩壊する気配がした。

恐る恐る、振り返って見上げると。

「あら、これで三人……ようやくそろいましたね」

耳に良く通る声と目の前の光景に、坂本はまたもゾッとすることとなった。

教員棟の三階の壁が完全に崩れ落ちている。

立ち上っていた煙が落ち着くと、月明かりの中に赤尾の肩と腕をガッチリとキメて床に押さえつける、佐藤田の姿が浮かび上がった。

佐藤田の鋭い殺気を帯びた視線がこちらに注がれて、さしもの坂本も動けない。

「いけませんよ、坂本くん。南雲くんを逃がしたりしたら、ますます減点です」

ほどき掛けていた縄から、思わず手を放してしまう坂本。

南雲は何か言いたげだったが、いつもの五倍増しな佐藤田のオーラに口を閉じざるを得ない……といった様子である。

そんな中、赤尾が。

「さっきから……どこ見てんすか！」

ガッチリとキマッていた肩を自ら外して、佐藤田を蹴り上げる。

赤尾の足のつま先は、佐藤田の顎《あご》を捉えたかに見えた。

が、蹴りはヒットする前にかわされてしまった。

ただ、わずかに佐藤田の体勢を崩すことには成功したようだ。

赤尾は佐藤田の呪縛から逃れ、ひとっ跳びに坂本たちの元へ。

「おーいてて」

と、言いながらもケロリとした顔で外した肩を戻している。

その隙に、坂本が南雲の縄を引きちぎり——しかし三人は、一目散に逃げるわけでもなくその場に留《とど》まった。

「ふふ、てっきり逃げるかと思いましたけど……」

ユラリと立ち上がる佐藤田。

そこに青白い光が煌々と注がれる。逆光に照らされた佐藤田は、まるで袴姿《はかま》の悪魔のようにも見えて、坂本は小さく武者震いをしていた。

「今さら逃げても意味がない」

「だから私と戦うと？　本当におバカさんたちねぇ」

佐藤田の目がギラリと冷たく光る。

そんな彼女に、南雲はさっきまで木に括られていたとは思えない笑顔で言ってのけた。

「僕たちが勝ったら見逃すっていうので、どうです〜？」

赤尾はこの期に及んで、のん気にタバコをくゆらせ始めていた。

「いいなそれ。うちらが負けたらなんでも言うこと聞くってことで、交換条件」

「いいのかしら。勝負にならないかもしれないわよ」

ズズズ……と、佐藤田がまとう殺気がますます冷たく濃くなっていく。

「そんじゃ本気で──」

赤尾がタバコの煙を吐き出した瞬間。

両者が飛び出して、凄《すさ》まじい風圧を生み出しながらお互いにぶつかり合った。


その後……。

教員棟の半分を破壊しながら繰り広げられた戦闘は朝日が昇ろうかという頃まで続き、案の定、佐藤田が三人を徹底的に制圧する形で幕を下ろした。

全身あらゆる関節をキメられて、文字通り指一本動かせなくなった三人は、

「いやね。すっかり体がなまってしまって……」

涼しい顔をして微笑《ほほえ》む佐藤田を見上げて笑うしかなかった。

──これは勝てない。

呆《ほう》けた顔になってしまう坂本。

そんな坂本たちをさらに愕然《がくぜん》とさせたのは……。

「ところであなたたち、南階段下の部屋に入ったのでしょう？　残念だったわねぇ。データバンクのフェイクに踊らされちゃって」

「え。まさか……」

坂本は言葉を失い、

「おいおい、マジかよ」

赤尾はため息をこぼし、

「あはは、やられた〜」

南雲は笑った。笑うしかなかった。

ここに、散々苦労して手に入れたデータバンクが完全な偽物だったと判明した。

結局、データバンクを手にするどころかその在り処さえ謎のまま、三人は数日の静養を余儀なくされ……さらに、説教と補習に追われることとなったのだった。

あのあとしばらくして、満月の夜には教員棟に体長十数メートルはある化け物が出現する……などという噂が立ったのだと、坂本は話を締め括った。

「すごい……すごーい！　パパ、化け物と戦ったんだね！」

「ん？　いや、違……ある意味そうかもしれない」

否定し掛けて、あながち間違ってもいないかもしれないなどと思いなおす。

ともかく、あの夜のことは今でも鮮明に思い出せるほど坂本にとっても強烈な思い出だ。

「花、シンくんに伝えてくるね！　化け物が出るから気をつけてって！」

そう言って、どこか勇《いさ》ましい顔をしてシンの元へと向かう花。

その背中を見つめながら、花の要約ではシンが混乱するかもしれないが、まあいいかと思う坂本である。

それよりも……と、坂本は考えた。

――花が喜ぶなら、たまには話していいのかも……。

まるで冒険譚《ぼうけんたん》を聞くかのように、時には楽しげに、時にはハラハラしながら、終始目を輝かせていた花の顔を思い出し、坂本は少しだけ頬《ほお》を緩めていた。

■初出
SAKAMOTO DAYS　殺し屋ブルース　書き下ろし

[SAKAMOTO DAYS] 殺し屋ブルース

2024年12月9日　第1刷発行

著　者／鈴木祐斗 ◉ 岬れんか

装　丁／バナナグローブスタジオ

編集協力／株式会社ナート

担当編集／六郷祐介

編集人／千葉佳余

発行者／瓶子吉久

発行所／株式会社　集英社

〒101-8050　東京都千代田区一ツ橋2-5-10
TEL　03-3230-6297（編集部）
　　　03-3230-6080（読者係）
　　　03-3230-6393（販売部・書店専用）

印刷所／中央精版印刷株式会社

Printed in Japan　ISBN978-4-08-703553-7　C0293

検印廃止

JUMP j BOOKS